AMY LOWELL
男人、女人和幽灵

〔美〕艾米·洛厄尔 著
马永波 译

人民文学出版社

图书在版编目（CIP）数据

男人、女人和幽灵 / (美) 艾米·洛厄尔著；马永波译.
— 北京：人民文学出版社，2025. —（巴别塔诗典）. — ISBN 978-7-02-019447-6

Ⅰ . I712.25

中国国家版本馆 CIP 数据核字第 20255Z5U64 号

责任编辑　卜艳冰　何炜宏　郭良忠
装帧设计　朱晓吟

出版发行　人民文学出版社
社　　址　北京市朝内大街 166 号
邮政编码　100705

印　　制　凸版艺彩（东莞）印刷有限公司
经　　销　全国新华书店等

字　　数　98 千字
开　　本　889 毫米 ×1194 毫米　1/32
印　　张　10
插　　页　5
版　　次　2025 年 8 月北京第 1 版
印　　次　2025 年 8 月第 1 次印刷

书　　号　978-7-02-019447-6
定　　价　79.00 元

如有印装质量问题，请与本社图书销售中心调换。电话：01065233595

目 录

译者序 _1

第一辑 剑刃与罂粟籽（1914） _1
剑刃与罂粟籽 _3

被俘的女神 _24

罗切斯特教区 _27

骑行者 _32

阳光透过布满蛛网的窗户 _34

伦敦街道，凌晨两点 _36

散光 _38

拾煤者 _42

风暴肆虐 _45

康复期 _46

耐心 _47

致歉 _49

请求 _51

笨蛋 _52

愚蠢 _53

讽刺 _55

下弦月 _56

一个饿死者的故事 _59

异乡人 _67

缺席 _72

礼物 _73

笨拙之人 _74

傻瓜的钱袋 _75

角色分配不当 _76

预感 _77

佳酿 _78

猩红的浆果树 _79

义务 _80

出租车 _81

赐星者 _82

神殿 _83

一个在成功前死去的青年诗人的墓志铭 _84

回答一个请求 _85

马克斯·布鲁克的伟大冒险 _86

听完巴托克的一首华尔兹之后 _126

晴朗，微风不定 _130

篮子 _133

在城堡里 _141

克洛蒂尔德修女的时辰祈祷书 _148

影子 _166

九月的尾声 _185

狗鱼 _187

蓝围巾 _189

白和绿 _191

晨歌 _192

音乐 _193

一位女士 _195

在花园里 _197

郁金香花园 _199

第二辑 男人、女人和幽灵（1916） _201

图案 _203

纸风车 _209

春日 _214

 I 沐浴 _214

 II 早餐桌 _215

 III 散步 _216

 IV 中午和下午 _217

 V 夜与睡眠 _218

晚餐会 _221

 I 鱼 _221

 II 游戏 _221

III 起居室　_222

　　IV 咖啡　_222

　　V 谈话　_223

　　VI 十一点　_223

彩色小镇　_225

　　I 红拖鞋　_225

　　II 汤普森的午餐室——中央车站　_227

　　III 歌剧院　_229

　　IV 州街午后的雨　_231

　　V 水族馆　_234

第三辑　浮世绘（1919）　_237

境遇　_239

信使　_240

角度　_241

替代　_242

阳光　_243

渔人妻　_244

蜉蝣　_245

细微差别　_246

秋雾　_247

和平　_248

均衡　_249

门外 _250

落雪 _251

白霜 _252

春分 _253

十一月 _254

月下花园 _255

插曲 _257

金块 _259

阵雨 _260

护身符 _261

晚花圣母 _262

蛋白石 _264

秋分 _265

树 _266

十年 _267

黎明的探险 _268

三伏天 _269

八月 _270

丘陵地带 _271

中年 _272

火焰苹果 _273

诗 _274

卖花人 _276

球 _278
世代 _279
友好协约 _280

译者序

一

惠特曼在《民主远景》中曾这样描述过他那个时代的美国文学状况，认为风雅派的客厅诗人玩弄的是"调过味的思想和二手记忆"，缺乏与美国国土的广袤相称的粗犷有活力的诗歌："我还没有见过一个作家、艺术家、演说家或是诸如此类的人物，以与这片土地自身相似的精神，面对过它那无声却始终屹立的、活跃的、蔓延的、潜在的意志与典型的渴望。你要把那些文雅的小家伙称作美国的诗人吗？你要把那些没完没了、微不足道、东拼西凑的作品，称作美国艺术、美国戏剧、趣味和诗歌吗？我认为，我听到了，从遥远西部的山顶传来的回声，那是这些州的精灵在发出轻蔑的笑声。"而艾米·洛厄尔自己则得出这样的结论，在惠特曼和爱伦坡之后，这个世纪的诗歌的质量已经急剧下降，主要趋势似乎是朝向一种稀释的丁尼生主义，直到1912年才出现一种新的活力。这里，洛厄尔触及了19世纪末期美国诗歌的弊端——美国诗人们不是对自己的环境和过去进行探索，而是去大西洋彼岸为自己的情感、思想和形式寻找典范。而丁尼生在19世纪诗歌中的正统地位相当于蒲伯在18世纪的地位，当天才的阴影遮蔽了阳光，它就会带来枯萎，丁尼生的阴影就使得19世纪末期的美国青年诗人失去了朝气。当时的现状可以用这样的比喻来概括，教育良好的诗人满足于成为丁尼生的蓄水池，直到水流变得陈腐，而其他社会地位较低的诗人则是在荒漠里打自己的小井，挖出泥泞的涓滴来预言绿洲。

作为诗人的艾米·洛厄尔登上诗坛时，面临的就是这样一幅景象，19世纪晚期的诗歌似乎已经僵化为虚假的姿态和多愁善感。艾米于1902年开始诗歌创作，经过十年的独自探索，1912年她出版了自己的第一本诗集《多彩的玻璃穹顶》，这本诗集尽管相对传统，反射着浪漫派的风格与态度，但它勇敢地探索了一个女人的绝望和一个艺术家的感性——有时是通过一个角色，但经常是以洛厄尔自己的声音诉说出来的。诗集名字取自雪莱著名的《阿多尼斯》，"穹顶"代表生活本身，它的灿烂多彩和脆弱性。诗集中的诗歌诚挚、节制、庄严而又依循常规。诗人的主题是季节、人的渴望和事物。其突出的特征在于诚挚。洛厄尔的写作素材完全是她所熟悉的东西。有童年的记忆——祖父的房子、她自家的果园、蓝色龙胆草的田野、爬树和观察溪水中的鳟鱼。最为个人化的一首诗是自传式的《童话》，记录了她最初岁月所遭受的幻想破灭。有些诗歌的灵感来自都柏林——初春的山丘、秋天的乡间道路、卢恩角和她的秘密儿童剧场。也有一些诗歌受到某些物品的启发，威尼斯杯子、她侄子为她制作的绿碗、书房里的日本木刻、第一版的济慈诗集。书中济慈的影响当然是明显可见的，但并非遵循以往的方式，没有对济慈的诗或风格的模仿，没有借用，而是书的设计形式源自济慈的诗集，也有两首直接向济慈致敬的诗。

《多彩的玻璃穹顶》当然不是自欺欺人的习作，它包含了一些有前途的作品。我们从当时的几则评论约略可以看出，艾米·洛厄尔在相对保守的形式下面，有着自己独特的真诚和感性。

在我们时代所产生的每日诗篇的繁多阵列中，这部作品以其完全卓越的广度和光辉发声。我认为洛厄尔小姐对无韵"自由诗"的运用在英语中尚无可超越之作。请阅读《被俘的女神》《音乐》和《罗切斯特教区》,这些都是此类作品的杰作。其丰富的微妙与共鸣,华丽的构造,充满了诡异的效果(许多诗作皆是如此),且精妙绝伦。她所创造的华美之物,她自己也将难以超越。

——《波士顿先驱报》

这些诗在古雅的图像精确性和奇异的色彩上,让人想起弗拉芒大师和荷兰的郁金香花园;又如威尼斯的玻璃般精美而奇幻;它们都奇妙地被梦境的月光所浸透……洛厄尔小姐有一种可以称之为戏剧装饰的非凡天赋。她的装饰性意象极具戏剧性,而她的戏剧性画面本身就是生动而奇幻的装饰。

——《纽约时报书评》

在缺乏指导和与同道交流的、主要为自己写作了十年之后,洛厄尔不再将自己与世隔绝。同年,有一批预示着新的诗歌精神即将出现的诗集问世,如罗宾逊·杰弗斯的《酒壶与苹果》、伐切尔·林赛的《用来换面包的诗》、埃德·李·马斯特斯的《未明踪迹之书》、圣文森特·米蕾的《新生》、庞德的《卡瓦尔坎蒂》《还击》和萨拉·蒂斯代尔的《特洛伊的海伦》等。艾米·洛厄尔就置身于这一连串令人激动的名字当中。

就在这本处女诗集出版的同一年,艾米读到了哈里特·门罗的《诗刊》。1912年9月7日,她写信鼓励门罗,并附上一张订阅支票。在第一期之后,洛厄尔再次写信称赞门罗的杂志"极其有趣","对所有关心诗歌的人和我们这些试图创作诗歌的人来说,这是一件最令人振奋的事情"。在《诗刊》中,洛厄尔在埃兹拉·庞德关于意象派的文章中发现了一个她可以认同的信条。评论家们对此感到困惑,他们声称《多彩的玻璃穹顶》缺乏节制、精确的观察和对威廉·卡洛斯·威廉斯后来所说的"事物之外别无思想"的热爱。这种看法不禁让人怀疑这些怀疑论者是否真的认真读过洛厄尔的作品。姑且以《绿碗》为例,前三行便体现了洛厄尔后来倡导的有节奏的自由诗的原则:

这个小碗像是一个生青苔的池塘
在春天的树林,犬齿紫罗兰生长
在林中棋盘般的阳光中昏昏欲睡;

碗(bowl)和生长(grow)的微妙押韵、流畅的声音和"s"的嘶嘶声,构成了一幅将艺术和自然界结合在一起的富于画面感和音乐感的作品。词语的声音融合在一起，相互赋予连贯性。在接下来的三行诗中，洛厄尔以现代诗人的身份出现，将她喜爱的济慈的《希腊古瓮颂》的宏伟形式改编为一种更加轻松的沉思，思考艺术如何延伸自然对人类意识的影响：

> 这里一片安谧，伴随着鸟鸣声，
> 尽管看不见，却能听见那无尽的歌
> 和永不平息的大海的低语。

这个安静的地方是"静止的"，是长满青苔的池塘，是记忆中的自然景观，也是艺术家对季节变化的期待的一部分。碗的造型成为一种神圣的行为，一种对生命本身的奉献，以艺术品的形式，既模仿又珍惜自然。诗人用"森林里害羞的小花"紫罗兰作为诗的结尾，这个意象是有效的，因为紫罗兰确实会自然地以沉默的姿态将黄色花瓣垂向地面。

艺术以某种方式弥补自然的损失这一观念似乎是说教性的，也是19世纪诗人在诗歌中附加的那种多余的"道德"。这就是说，洛厄尔只走了一半的意象主义，她没有意识到这一点——或者更确切地说，她一读庞德就意识到了这一点。他代表了一个新世纪，也代表了一种大胆的诗歌模式，她只有在摆脱旧形式之后才能追求这种模式。如果说《多彩的玻璃穹顶》的主导风格源自洛厄尔所欣赏的19世纪诗人，那么它也是按照她自己的方式创作的，并以精确的方式呈现她设想的形式。尽管有一个相对保守的起步，但是艾米·洛厄尔的创作进展迅速，1914年她的第二本诗集《剑刃与罂粟籽》出版时，她开始采用更为现代的技术，这种转变的主要原因就是她发现了意象派。

二

在1913年1月的《诗刊》上，洛厄尔读到了H.D.的诗，一个念头突然冒了出来，"我也是一个意象派！"而在3月的《诗刊》上，庞德就发表了著名的意象派的"三原则"。于是，在庞德那里看到的新时代的曙光，吸引洛厄尔决定赴欧洲寻找同道。1913年7月1日，当她带着哈里特·门罗写给庞德的引荐信到达伦敦时，庞德发了一封信，讨论了她可能会遇到的各种诗人，包括叶芝、H.D.和理查德·奥尔丁顿。她还遇到了约翰·古尔德·弗莱彻，他的作品对她产生了直接而深刻的影响，还有评论家兼诗人F.S.弗林特。除了叶芝和庞德，他们所有人最终都聚集在洛厄尔周围，在这个仍然抵制现代主义文学的时代,她成了他们的最大希望。正如理查德·奥尔丁顿在自传中所说,庞德就像一个"沙皇":"他比我们强,因为只有通过他,我们才能把我们的诗发表在哈里特·门罗的《诗刊》上。"与独裁的庞德不同,洛厄尔很有合作精神,足智多谋,她的判断力逐渐得到了这些诗人的信任。她也渴望被收录到庞德的《意象派》选集中,庞德满足了她的愿望,将《在花园里》一首收录其中。

这首诗与之前的诗作完全不同。它具有一种感性的能量和自信,描绘了花园喷泉潺潺流水的景象,反映了诗中人"对夜晚和你的渴望"。这是一首充满情色色彩的诗,在石头、花岗岩和大理石中间创造了一座闪闪发光的欲望大教堂:

我想在游泳池里看到你
在银斑点点的水中,白皙闪亮。
当月亮凌驾于花园之上,
高踞于夜的拱门,
紫丁香的气息因静止而浓烈。

在香气浓郁的丁香花中为情人陶醉的惊奇、期待和纯粹的幻想在最后一行达到高潮,"夜晚和水,还有白皙的你，正在沐浴！"

艾米·洛厄尔刚到伦敦的时候，庞德对她寄予厚望，几乎每晚都会带着一位有抱负的诗人来到洛厄尔的酒店套房，他们一直聊到午夜。而洛厄尔第一次去伦敦更应该被视为十年计划的顶峰，旨在将自己塑造成一位重要的诗人。确实，她需要与庞德、弗莱彻和其他意象派诗人进行富有刺激性的接触，但她已经决心摆脱《多彩的玻璃穹顶》的风格和"少女时代的束缚性传统"。

《罗切斯特教区》和《骑行者》最能表达弗莱彻、庞德和其他美国人对英国的"强烈幻灭感"，他们认为英国自鸣得意、因惰性和"情感贫血"而腐烂。但弗莱彻指出，洛厄尔的诗"比我当时所掌握的任何诗都更尖锐、更个人化、更自由"。《骑行者》最直白地揭露了一个"在时间之前垂死和腐烂"的英格兰，而《罗切斯特教区》则将现在包裹在一个历史连续体中，从一个古老的罗马墙的形象，一棵成熟的梨树，到那些不满的人，他们要拆毁大教堂，用彩色玻璃窗做孩子的玩具，再到大教堂的院长，他正在仔细研究修复计划，沉思着他的花园是多么的安静祥和。这两首诗都令人不安，充满悲观情绪。

洛厄尔早期与庞德圈子的接触被大肆渲染，以至于她第一次伦敦之行之前的发展历程被掩盖了。她曾是门罗邀请为其新杂志《诗歌》撰稿的诗人名单上的人物，该杂志于1912年10月开始发行。门罗给她所欣赏的诗人发了私人信件，邀请他们关注"这项颇具冒险精神的尝试，让诗歌艺术在国土上发出声音，并请提交一些诗歌以供尽早出版"。门罗提到了洛厄尔在《大西洋月刊》上发表的一首十四行诗，洛厄尔在复信时附了一张25美元的支票，并称《诗刊》是"一项最出色的事业——它应该对促进目前难以出版的诗歌有很大帮助"。

她在自己的第二本诗集《剑刃与罂粟籽》的序言中强调，诗歌不仅仅是灵感的问题，也是一个需要掌握技巧的行业。她挑战了诗歌是一种纯粹自发和自然的艺术形式的观念，相反，断言它需要严格的训练，就像任何熟练的手艺一样。她将诗人比作橱柜制造商，强调两者都必须学习自己的技艺，然后才能创作出高质量的作品。洛厄尔还表达了一种强烈的信念，即诗歌不应该以教育或道德化为目标，而是为了它本身而存在，作为一种创造的美的形式。她批评了将说教信息附加到艺术上的倾向，称其为"胆怯和粗俗"，并倡导一种独立于道德评论而存在的美，就像宇宙本身一样。她认为，法国诗人展现了技术的精确性和美学成就，她将这种严格的技艺与英美诗歌的懒散作了对比，认为英美诗歌往往用强烈的思想来掩盖其技术上的粗糙，而法国诗人为严谨的诗歌艺术树立了重要榜样。她援引了现代主义的常见观点：寻找新的隐喻来取代过时的表达方式。她强调，她的诗是建立在节奏和重音，而不是建立在韵律之上的，尽管某些主题和情感似乎需要传统的押韵格式。这个序言表明，洛厄尔正在尽一切努力成为现代诗歌的主要参与者。此前，门罗一直依靠埃兹拉·庞德作为她通向新世界的渠道。艾米·洛厄尔的加入则扩大了她的舞台——不管有没有庞德的贡献。

1914 年 6 月 23 日，艾米·洛厄尔前往利物浦。从庞德 1914 年 4 月 30 日的便条可以看出，一场与庞德的摊牌已经在酝酿之中，便条上他同意洛厄尔可以在一首诗中写出他们的分歧。这首诗便是《散光》，其中，洛厄尔描绘了一位修养很高的诗人，用一根精美的手杖敲掉雏菊、鸢尾花、大丽花的花头——所有这些都是因为它们不是玫瑰（他对至高无上的完美和美的概念）。在洛厄尔看来，庞德看不见、也不知道如何保存她在作品中赞美的日常之美。正如她所说，"庞德出生在果园里，但他的树却生锈了"。更糟糕的是，他只能用非常狭隘的理想来看待艺术。她钦佩他的作品,但认为他的教条主义影响到了诗歌本身。正如这首诗的标题所暗示的那样,洛厄尔关注的是庞德不完美的视野,他无法接受生活的本来面目并从中有所作为,他总是沉浸在自己的世界中,"庞德只发现了庞德"。1914年7月,洛厄尔把意象派团体的紧张关系带到了谈判桌上,她邀请所有成员于7月17日共进晚餐,费用由她承担。来宾名单中包括庞德和他的妻子多萝西、福特·马多克斯·福特夫妇、F. S. 弗林特、艾达·拉塞尔、艾伦·厄普沃德、约翰·古尔德·弗莱彻、约翰·库尔诺斯、H. D. 和雕塑家亨利·戈迪尔-布泽斯卡。艾米坐在宴会桌的一端,庞德坐在另一端。庞德将一个锡制浴缸放在头上,以此来讽刺她的沐浴诗。他和福特·马多克斯·福特、戈迪尔-布泽斯卡,甚至某种程度上的约翰·库尔诺斯和艾伦·厄普沃德,都对洛厄尔的出现打乱了他们自己对意象主义及其推广的计划感到不满。而洛厄尔则在晚宴上表现出自信和冷静,以沉着冷静的态度化解了尴尬的局面,她温和地评论说庞德一定是在开玩笑,她没有上钩,而是把晚餐变成了"兴高采烈的聚会,其中很大一部分是埃兹拉自找的,他不得不竭尽全力忍受,每次提到自己在狂野西部的成长经历,他的脸都会抽搐"。无论人们如何解读著名的浴缸场景,事实上是庞德毁掉了他与 H. D.、理查德·奥尔丁顿、弗莱彻和 R. S. 弗林特合作的机会——他认为这些人都是他的马厩成员。他们集体叛逃，加上思想独立的 D. H. 劳伦斯，洛厄尔热情地招募了他，她认可他的天才。如此多元化的作家群体竟然将自己的命运押在她的领导地位上，这本身就令人惊叹。关于洛厄尔与庞德的冲突，评论家们忽视了 H. D. 扮演的关键角色。她的信件表明，她尽可能避免争议，并竭尽全力安抚庞德。但他的专横行为已经变得令人无法容忍，洛厄尔对 H. D. 天才的信任是不可抗拒的。如果 H. D. 愿意与庞德决裂，几乎没有人会认为留在庞德阵营是明智的，除了福特·马多克斯·福特——但福特已经是一个成熟的人物，拥有一种独特的力量，庞德帮不了他什么。

三

艾米·洛厄尔文学事业的真正开端是她的第二本诗集《剑刃与罂粟籽》（1914 年版），这时她已经四十岁了。她的第一本诗集已经清空了她的头脑，她与庞德及意象派的接触为她打开了眼界，磨砺了她的技艺，而与庞德的决裂也使她得以完全独立。她已经开始将从意象派那里汲取的精华用于她自己的目标。

意象派主张为艺术而艺术,将技巧本身作为目的,反对对材料的过分依赖,事实上同时也消除了材料(内容、主旨)。庞德喜欢引用画家惠斯勒的话,"你对某幅画感兴趣是因为它是对线条与色彩的一种安排",还有佩特的说法,"所有艺术都是为了趋近音乐的状态"。音乐是人类意志的声音,但是它如此接近于内心深处的现实,以至于它仅仅使用节奏、曲调、和声与音色。它不命名事物,不去观看、触摸、嗅闻或品尝事物,也不去讲故事、演示思想、阐明道德。音乐是模式化的情感,纯粹而深刻。

意象派诗歌以趋近这种状态为理想,但同时排除了人类努力的大部分领域,出于对"人类利益"这种道德标签的恐惧,意象派消除了伦理、叙述和思想,甚至情感也不是直接呈现,而是通过意象的对照和抑扬顿挫的节奏来暗示出来,结果便是一种高度精细的音乐,技艺高超,效果却有所局限,在诗歌可能性的全音域中只是呈现了其中一种效果。

艾米·洛厄尔将雪莱的生活的同义词("多彩的玻璃穹顶")作为其处女诗集的书名,表明她看重的是"人类心灵",她从未满足于上述意象派的种种局限。在《散光》一诗中,她便抗拒了庞德在趣味上的狭隘性，她相信没有了灵魂的质量，伟大的诗歌是不可能的。纯而又纯的意象主义是文学，不是生活；对生活的记录，而非唤起音乐，才是她的目标。意象主义的技巧是为了她的目标而服务的，而非目标本身。她以自己的方式扩展了意象主义的技巧，比如在《一位女士》一诗中，她把典型的意象的双行对照扩展成了代际之间的双诗节的对照。

她相信诗歌是一种说话的艺术——是用于沟通和交流的，而不仅仅是自我表达——这种信念使她避免了"为艺术而艺术"的矫揉造作，而且使她能够从真实的人类经验中创建出情感或戏剧化的结构。于是，意象派的单调演变成了变化多端和生机勃勃。例如，在《出租车》中，她将沉闷的沮丧与对这种失望的反抗间杂起来，让诗歌在绝望与抗议的交替节奏中搏动。这种情感结构是从她的戏剧演出的经验中生长出来的，促使她发明了"多音散文"（polyphonic prose）。诗歌应该表达思想，因为诗人必须有东西要说，思想不应该仅仅是与情感相脱离的理论，而应该是与理智同样热诚的信念。

"多音散文"一词是由约翰·古尔德·弗莱彻创造的，但主要由艾米·洛厄尔使用，她从法国诗人保罗·福特（Paul Fort）那里学到了这个词。洛厄尔将多音散文视为自由诗，但认为这是一种更自由的写作方式，她相信它允许诗人使用所有"声音"，例如头韵、谐音、押韵、格律和节奏。在纸上，多音散文使一首诗看起来像是以散文形式印刷的，而当大声朗读时，它听起来又像是诗歌。这样一种散文形式，不受韵律规则的约束，但包含谐音和头韵等诗意手段，模仿自然语言的节奏。

关于"多音散文"，艾米有她自己的阐释，她说："多音散文是一种我部分取自保尔·福尔、部分源自我的内在意识的韵律。保尔·福尔的诗依据的是亚历山大诗体，我的诗则基于自然语言的节奏。他的作品几乎总是完全是诗或者完全是散文，而我的作品从来不是非此即彼。"

这是英语中最为灵活多变的诗歌形式，韵律的改变不受任何阻碍，完全依据瞬间的情绪变化；它允许使用任何已知的诗律手段，唯一的限制是"声音应当是感觉的回声"。这种形式的难度是可想而知的，能够驾驭它的人不会太多。它完全是艾米用英语发明的。在《剑刃与罂粟籽》中，《篮子》《在城堡里》都是多音散文的典型。它们都是爱情悲剧，只不过其中的女主角一个冷漠，一个不贞，而男主角则被一份没有恰当回报的激情所毁灭。诗里也有艺术与宗教的元素，月亮和《在祭坛前》一样，依然是呆板、无反应的疯狂的象征。

《剑刃与罂粟籽》的书名也表明，它的目标超出了意象派。"剑刃"是战斗的真理，"罂粟籽"是催眠的梦幻。标题诗是一个幻想故事，阐释了真理与美是文学不可或缺的孪生功能。诗人从一个怪人那里买来了剑和种子，付出的代价是他全部的存在。这种象征模式在艾米的诗中使用过很多次，它是表达思想的标准手段。这方面，但丁、斯宾塞、弥尔顿、布莱克、济慈和雪莱都是范例。象征主义也是美国的本土产物——霍桑和麦尔维尔将它用于散文，奥尼尔用于戏剧，爱伦坡同时用于散文和诗歌。

在这本诗集中有三个象征性的故事，《马克斯·布鲁克的伟大冒险》《晴朗，微风不定》和《影子》，它们是同一主题的变奏——理想的致命诱惑，驱使人们走向自我毁灭。艾米的戏剧化天赋使得她的诗具有客观性，挑战了我们所习惯的诗乃诗人自传的传统观念。

人们习惯以汇总评论来衡量作家的声誉，但大多数评论不过是揭示时代气质的快照，很少告诉我们作家的最终价值。更令人感兴趣的是洛厄尔的同行对她第二本书的反应。D. H. 劳伦斯是一位特别好的向导，因为他绝不会奉承。他不喜欢洛厄尔"罂粟籽"的一面，那些倾向于梦幻的、沉重的象征性叙述。他喜欢艾米"直率的时候……如果它不是从你自己的内心流露出来，真正的艾米·洛厄尔，不管它有多少色彩，它都是不好的。我希望人们在这本书中看到更多你真实、坚强、健全的自我，充满常识和善良，以及克制的、几乎苦涩的清教徒激情"。他最喜欢《剑刃与罂粟籽》中的最后一首诗《郁金香花园》，因为它具有"真正的古老英国的强烈气息"，郁金香排列整齐，像穿着军服的士兵一样：

在古老红墙的围护之下，
如欢快的士兵一样列阵，
郁金香排列整齐。这边是步兵，
向阳光挺进。多么勇敢优雅！
白色束腰外衣，佩着深红的缎带。

这首诗似乎是西尔维娅·普拉斯的《郁金香》的起点，其中的花朵代表着粗野狂放的生活。

托马斯·哈代钟爱的诗歌中有一首是洛厄尔的杰作《被俘的女神》。前两节描述了女神"穿过大雨"降临，诗人突然发现，她翅膀的倒影是"深红色的"，衬托出五彩缤纷的颜色，充满了诗中说话人的眼睛，让她陷入"玫瑰色的飞行，层叠的绿玉髓……橙色的尖芽，朱红色的螺旋"。这位精致的神出现在"街道狭窄的城市，在市场上……被束缚着，颤抖着"。绳索束缚着她的翅膀，人们用"金银"来讨价还价，以换取她的美貌。女神哭泣时，诗人掩面逃跑，灰色的风在她身后嘶嘶作响。这首诗表达了洛厄尔第二本诗集中"战斗的真理"和"催眠的梦幻"之间的冲突。《被俘的女神》似乎也表达了诗歌在商业世界中的命运。可是诗人不会为了市场而放弃她想带回人间的美。就像在《出租车》中一样，城市生活似乎与诗人的激情格格不入，但她坐在出租车里，知道无论诗歌在狭隘的市场中遭受多大的伤害，诗人的使命是将美带入世界，扩大她的作品的接受度。

四

1915年4月，艾米·洛厄尔主编的《一些意象派诗人》出版，这是随后几年出版的三本选集中的第一本。序言由奥尔丁顿撰写，宣布了他们的信条：

1. 使用普通语言，但始终使用精确的词语，而不是几乎精确的词语,也不是仅仅装饰性的词语。

2. 创造新的节奏——作为新情绪的表达——而不是复制旧的节奏。

3. 在选择主题时允许绝对的自由……

4. 呈现形象……准确呈现细节,而不是笼统地处理。

5. 创作坚实而清晰的诗歌,绝不模糊含混。

6. 最后,我们大多数人认为,专注是诗歌的本质。

即使是删减版,这一信条的大部分内容也并不是很新颖,除了它将诗歌严格地限制在形象中。洛厄尔本人会将意象派的理念发挥到极致,包括 D. H. 劳伦斯,他不是意象派,除了他创造意象之外。严格地说,H. D. 是这个群体中唯一一位履行其最纯粹戒律的诗人。

《剑刃与罂粟籽》和《一些意象派诗人》将洛厄尔推上了当代诗歌的前列,艾米·洛厄尔已经进入她事业的巅峰期。

1915 年 8 月,洛厄尔发表了她最著名、最受欢迎、入选选集次数最多的诗作《图案》。这首诗超越了庞德《地铁车站》式的意象主义,而扩展成一种可以构建较长篇幅诗作的叙述形式和虚构人格角色。和艾略特的《普鲁弗洛克的情歌》一样，它也采用了戏剧独白的形式，如此大胆地讲述了一个女人的性需求、社会对她自由的限制以及一个由男性主导的世界，在这个世界中，战争压倒了私人和个人的欲望。这首诗无论是在语言还是主题上都令人震惊，立刻获得了成功。萨拉·蒂斯代尔将其描述为"一个精美珐琅的法国古老鼻烟盒——色彩如此清新、无畏，图案如此坚固、如此精致"。

一位女性穿着"僵硬的锦缎长袍"，"头发扑了粉，扇子镶了宝石"，走在一条有图案的花园小径上，并宣称她"也是一种罕见的图案"。但她不仅仅是在行走，她还在徘徊，想要离开这条有图案的道路——至少在她自己的脑海中是这样的。她那紧身的衣服与随风摇曳的水仙花形成了鲜明对比，水仙花不需要遵循任何图案，只需要遵循自己的图案。这位女性穿着"图案丰富"的裙子，裙裾将碎石路染成粉红色和银色——这是她能在她的世界中留下的唯一印记，这位边缘女性将自己视为囚禁在"鲸骨和锦缎"中的时尚模特。她很生气，因为"我的激情/在与僵硬的织锦抗争"。作为诗歌，这些诗行似乎有些直白，不符合我们习惯欣赏的现代主义的简洁。但这是女人突破束缚的独白，她的语言反映了一种大胆而直率的决心，要说出她确切的感受，"大理石喷泉里水滴的溅射"使她激动，使她透露出"在我僵硬的长袍下，是一个女人的柔软，在大理石盆中沐浴"。在那一瞬间，女人独自一人，注视着自己，直到"她猜到她的爱人就在附近，滑动的水，似乎是一只温柔的手在抚摸她"，女人惊呼："我真想看见它（精美的锦缎长袍）随意堆在地上。/所有的粉色和银色皱巴巴堆在地上。"这里的重复"堆在地上"反映了摆脱所有限制、破坏图案的强烈需要。洛厄尔知道，她正在避开大众杂志诗歌中可以接受的东西，尽管她在迎合浪漫小说的惯例。

1915年11月，艾米出版了专著《六位法国诗人》，获得了好评。这本书揭示了保尔·福尔的自由诗对洛厄尔的影响。她认为，她将散文和诗歌相结合是她自己的多音散文风格的先驱。她喜欢他流畅的长调，尽管她自己的诗充满了形容词和头韵，令人眼花缭乱。洛厄尔选择亨利·德·雷尼埃的作品，表明她的诗歌深深地沉浸在他充满图像、声音和气味的诗中，这些图像、声音和气味与大海和花园有关，而花园的情色背景也展示了诗人自己对读者的感官控制：

这里有剑、镜子、珠宝、衣服、水晶酒杯和灯,有时伴随着外面海洋的低语和森林的微风。也可以倾听喷泉的歌唱。它们时而间歇,时而继续歌唱;点缀其间的花园是对称的。那里的雕像是大理石或青铜制成的;紫杉树修剪整齐。黄杨的苦涩香气弥漫在静谧中;玫瑰在柏树旁绽放。爱与死亡相吻。水面映照着树叶。环绕水池走一圈。穿过迷宫;在林间漫步,逐页阅读我的书,仿佛孤独的漫步者,用长长的玉石手杖,在干燥的步道碎石上翻动一只甲虫、一块卵石或一些枯叶。

洛厄尔希望自己的诗歌以这种方式流淌在纸面上,通过创作一种像诗歌一样的散文,用一种节奏和内部押韵的格式,让读者沉浸在她自己的感觉世界中,这种格式似乎自给自足、包罗万象。

因此,艾米对六位法国诗人的总结同样适用于她自己范围广阔的诗歌:

维尔哈伦引人注目的印象主义;萨曼的温柔做作;德·雷尼埃的强烈暗示性,描绘了他从玛瑙柱宫殿的金色窗扉中看到的世界景象;德·古尔蒙令人陶醉的语言、音乐和感性；弗朗西斯·雅姆的童真和令人惊讶的古怪启示；精力充沛的保尔·福尔的独创性、强度和多面性——所有这些都深深地打动了那些无法抗拒印象的心灵。

洛厄尔对这些诗人的传记当然是公正的，但也投射出她自己吸纳和展示诗歌所有潜力的巨大欲望。洛厄尔认为：诗歌是一种无限灵活和富有想象力的媒介，长期以来一直局限于唯美主义或平凡诗歌的俗套。洛厄尔经常被批评为过度伸展自己，试图以太多形式写作，并且经常转向平庸或令人厌倦的戏剧化——她承认了这一点，但她不能把自己局限于一种诗歌，因为她试图展示诗歌的全部能力。从这一点上，她与庞德的意象派拉开了距离。

1916年11月，洛厄尔的第三本诗集《男人、女人和幽灵》出版，受到一些美国著名作家的欢迎。洛厄尔收到过许多贺信，但她最珍视的可能是来自D. H. 劳伦斯的信，她宣称这本书"比《剑刃与罂粟籽》更好"。他挑选了几首诗进行赞扬，尤其《水族馆》，对劳伦斯的吸引力可能更大，因为它体现了劳伦斯的观点，即洛厄尔带领她的美国诗人同行记录了"物理感官世界，对非人类、非概念事物的理解"：

绿黄相间的虹彩条纹，
变幻的银色，
环套着环旋转，
银——金——
灰绿色的不透明滑落，
带着尖锐的白色泡沫
闪射，舞蹈，
迅速向外投掷。
鱼，
嗅着泡沫，
吞食泡沫。

劳伦斯认为《水族馆》是"非情感唯美主义"的一个例子，对他来说，洛厄尔的价值源自她纯净的感知，她能够用语言和节奏以自己的方式呈现一个有形的世界。在最佳状态下，洛厄尔的线条与我们称之为"鱼"的生物的形状、颜色和运动紧密相连。《水族馆》具有一种不可思议的能力，可以将鱼在抽象的层次上予以描绘，这种抽象抵制了人类在空间中复制物体的模仿冲动。洛厄尔的鱼变成了"被黑色条纹切割的灿烂的蓝色""一片长方形稻草色的微光""一抹玫瑰色、黑色和银色"。她的海底世界是一个"阴影和擦亮的表面"和"淡紫和紫红色的切面,不断变化的明暗关系"。最后这句是精彩的点睛之笔,将非人类与人类、感知者与被感知者联系在一起——但与华兹华斯的浪漫主义传统不同,华兹华斯认为诗人一半感知、一半创造。劳伦斯明白洛厄尔的诗句是一种将自己交托给另一个非人类世界的方式,她不像英国人那样"仍然用概念看问题"。换句话说,洛厄尔并没有把自己强加于她最好的诗歌所描绘的世界之上。

在《男人、女人和幽灵》中,洛厄尔将意象主义延伸到了另一个临界点,因为意象主义是一种机会主义,是一种改变她国家诗歌话语的方式。现在她已经成功了,她可以允许自己对使她的事业成为可能的运动感到一些苦涩。"晚宴"可能暗指庞德打断的1914年7月的晚宴:

  "确实如此……"他们说,
  优美地端着他们的酒杯,
  嘲笑他们所不理解的事物。
  "确实如此……"他们又说,
  开心而傲慢。
  桌子上的银器在闪光,
  杯子里的红酒

> 仿佛我为愚蠢的事业
> 浪费的血液。

如果这首诗是艾米·洛厄尔真实的内心状态的体现，它至少透露给我们这样的信息，作为一个运动，意象主义已经完成了使命，成功地引起了文学界的关注，即便它所提倡的诗歌话语方式尚未成为主流。另外洛厄尔感觉H. D.的那种纯意象派诗歌，其格局已经难以承担起与一个复杂时代对应的任务。我们观察洛厄尔自己的诗歌发展，就能看出这一点，她的复调的多音散文诗超越意象派手段无法写出长诗的局限。H. D.后来的发展也验证了这一点，她自己也脱出了早期意象派手法在结构复杂长篇时的限制。洛厄尔诗歌中所讽刺的这些自鸣得意的优越食客没有意识到他们自己的不人道和愚蠢，他们优雅的镇静恰恰证明了他们才是愚蠢之人。文学团体和文学运动内部的分裂属于人性中平常的现象。可以说，意象派的原则仅仅帮助艾米走出了一段，她最终成就自己，绝对不是仅仅得意象派之助，仅仅把她视为庞德领袖地位的篡夺者当然是不公正的。

五

时间来到了 1919 年，艾米·洛厄尔出版了受日本和中国古典诗歌启发的《浮世绘》，她在序言中说："人类的行进总是向西方前进，因此，地球是圆的，随着时间的推移，西方必定会再次成为东方。这是一个令人吃惊的悖论，但解释了诗人和画家对东方艺术的极大兴趣和灵感。本书的第一部分代表了我在研究中国和日本诗歌时发现的一些魅力。然而，应该理解的是，这些用准东方习语写成的诗歌并不是翻译。"

在诗集的第一辑"漆版画"中，艾米采用了俳句的模式，但并没有遵守作为日本诗歌不可分割的一部分的音节规则，而只是努力保持俳句的简洁和暗示。有些主题是纯然的虚构，有些取自传说或历史事件，其他则归功于日本大师生动逼真的彩色版画。浮世绘作为 18 世纪所特有的艺术形式，它欢迎生活中所有短暂易逝的事物，并从中汲取欢乐。

俳句擅长并置两三个细节，以描绘一幅画面、暗示一种思想、传达一种赞美之情或表明某个充满情感和戏剧性的时刻。这种形式要求恰到好处，重视瞬间效果，否则只会留下一则谜语。它可以视作一种有关简练的实验。我们试举一例：

门　外

空轿子的地板上
李子花瓣不断增多。

李子花瓣表明季节是春天；轿子是富贵人家的用具；轿子停在门前表明有人来访；李子花瓣的增多表明他的来访持续了很长时间——在万物复苏的春天，一个男子会花费这么长时间拜访谁呢？显然只能是他所爱之人。从这个例子中，我们不难发现这种形式的简约凝练，以极少的词语传达出丰富的意涵。

在这本诗集中，紧接着受到日本浮世绘影响的这一辑之后，是受到中国文化影响的诗歌，但它们没有局限于瞬间感受，而更多的是对人类处境的呈现。诗集后面的部分总体上涉及诗人在世界中的位置这一问题。艾米诚实地面对了一个诗人在写作中必定时常会遇见的"瓶颈"问题，比如《十一月》《金块》《火焰苹果》《诗》《卖花人》，都表达了这一类的主题。还有著名的《晚花圣母》。这些诗中既涉及诗人写作过程中的孤寂，又是标准的爱情诗，歌颂了在充满破坏的世界上艺术的持久性。诗歌之路崎岖而艰难，但如果有一颗明朗的心，甚至有某种戏谑的心态，也许会好一些,正如艾米在《球》一诗中不无幽默地写道,尽管"我们的一生不过是将彩色的球/抛向无法到达的远方……但如果我能把它粘在卫理公会的塔尖上,/那岂不是一件妙事!"

1925年5月12日,艾米·洛厄尔病逝,而就在她过世前不久,她终于出版了呕心沥血的两卷本约翰·济慈传记,这本书在美国立即得到了一致的好评,但是英国批评家的反应是负面的,这让人觉得,仿佛艾米抢了他们的地盘一样。这位传奇的女诗人病逝之时,正是她诗歌事业的巅峰。她去世后三个月,诗集《几点钟》作为遗作出版,并在次年被追授普利策奖。艾米终生未婚,把一生献给了诗歌,她对现代主义诗歌的大力推动,在某种程度上损害了她自己作为诗人的名誉。在很长一段时间里,这位堪称伟大的现代主义者被学界与读者忽略,但在1955年,随着她的《诗体作品全集》的出版,她的声誉逐渐确立,成为现代主义诗歌不可绕过的一座高峰。

一般而言,人们认为幸福是成功的人生和文明的一项标准,但是艾米把一个更高的价值展现给我们,那就是艺术,它才是我们存在的目的和巅峰。诗歌是经验的表达,为了更有效地表达,艾米扩展了诗的韵律和形式。在1912年,人们依然在坚信美只是可爱加上品德，导致当时几乎所有的诗歌都是柔弱的，是艾米·洛厄尔改变了这种现状，为诗歌培养了自己的伟大的读者。

艾米·洛厄尔曾在诗中探讨过萨福、勃朗宁和狄金森的个性，并期望将来有一天，有人能转向她的诗歌，把她也当作一个激励的源头，她自己根本不可能想到，她的这份期待已经实现——西尔维娅·普拉斯在日记中就曾这样写道："我自负地认为我已经写出了足以让我成为美国女诗人的作品。竞争对手有谁呢？历史上有萨福、伊丽莎白·巴雷特·勃朗宁、克里斯蒂娜·罗塞蒂、艾米·洛厄尔、艾米丽·狄金森和埃德娜·圣文森特·米蕾。"

现在，艾米·洛厄尔，这位曾经遭到庞德、艾略特等现代主义者嘲笑的"女荷马"，已经和这些不可磨灭的名字同列并熠熠生辉。尽管身患疾病、创作上起步较晚、身处狭隘的文学自负和敌意漩涡之中，尽管她仅仅在世五十一年，可这位身材矮小气势磅礴的女诗人，依然努力攀上了峰顶，以至于我们可以说，"她自己就是一个王朝"。

2024 年 10 月 10 日于哈尔滨

第一辑
剑刃与罂粟籽
(1914)

剑刃与罂粟籽

四月,一片飘动的黄昏的天空,
一阵风吹干了水坑,
拍打着河水,激起层层波浪
在一座旧码头的木板中间
涌动,躲藏。一束水光
抚摸着凄凉的花岗岩大桥
和没有一点儿金色的白色,
城市在寒冷中瑟瑟发抖。
一整天,我的思想都死一样地躺着,
还未诞生便在我头脑中爆裂。
我不时地写下一个词语
又把它的线和圈划掉。
我的桌子似乎是一处墓地,
满是等待埋葬的棺材。
我抓住这些卑鄙的堕胎,
把它们撕成锯齿状的碎片,

发誓不再受希望的愚弄。
我径直地进入黄昏,
渴望这一天的成就。
悄悄地,我在城中游荡
找个地方呼吸一下空气,
我斜倚在大桥的栏杆上,
当苍白、暗淡的太阳
疲倦而沮丧地沉落。
在我身后,有轨电车在行驶,
绽放明亮的灯光,就在我转身离开,
有人拉扯我的衣袖。
"请原谅,先生,如果你能
借给我一点车费,我将感激不尽,
我弄丢了我的钱包。"
这声音清晰而简练。
我转过身去,与那宁静的目光相遇
那双奇怪的眼睛在雾霭中闪烁。

那人年事已高,略微驼背,
他的斗篷下藏着什么东西,
弄乱了庄严的线条,
他的一只手撑在手杖上,

纤细而紧张,手指上的贵榴石
静静地燃着暗红色的火焰,血红
在缠绕的金色中燃烧。
像一位西班牙绅士,
甚至在祈求施舍时,
也带着施恩的尊严,他再次鞠躬
等待。但是我的口袋空无一物,
我徒劳地摸索,翻找,
也没有隐藏的小钱
迎接我搜索的手指。"先生,
我声明,我没有钱,请原谅,
但请让我带你去你住的地方吧。"
于是我们在烂泥里跋涉
穿过街灯投下的摇曳的火光。
我没有注意我们去往哪里,
他的话成了一种元素
我在里面满足地游泳。
它像长剑一般闪亮
在摇曳的烛光照亮的夜晚,
在某片被月亮遗弃的草坪上
当一场争吵在剑下结束。
它像弯刀一样又砍又刻,

广泛的话题在空气中喧腾

那是阴雨绵绵的秋夜

在窗扇上瑟瑟作响的风。

然后它像一条坚定的急流

在尖塔闪烁的桥下流淌,

或者像潮汐拍打着空气

那里有宽阔的大理石台阶

绿色斑驳,向花园大门延伸,

而一轮残月正笔直沉向

一片漆黑而凶险的大海,

一只夜莺在柠檬树上歌唱。

就这样我走着,仿佛鸦片

刺痛并麻痹了我的大脑,一种敏锐

又昏昏欲睡的状态。天色渐晚。

我们停下脚步,一座房子静静矗立,一片漆黑。

老人划着一根火柴,火花

照亮了门上的锁孔,

我们径直踏上白色的地面

铺着仔细筛过的

最好的细沙,你可以满脚泥泞

滴滴答答站在那里,

却丝毫不会弄脏这厨房的地面。
烟囱中,红色的眼睛照亮了阴暗,
一只蟋蟀的尖叫充满整个房间。
我的主人把松果抛进火里
火堆闪耀出深红和猩红
包裹在金色火焰的欲望中。
房间像一只眼睛睁开,
像夏日天空中一朵半融化的云
房子的灵魂站在那里,狐疑,羞怯
警惕地窥视着陌生的来客。
一个货色齐全的小店
整齐的货架,秩序井然。
大水罐,瓮,水壶,花盆,
小瓦罐,杯子,林林总总
黑色的和金色的漆罐,
就像卖中国茶叶的容器。
箱柜,人桶,小桶,长颈瓶,
高脚杯,圣餐杯,木桶,酒桶。
角落里有三个古老的双耳细颈瓶
靠在墙上,如同倾侧的船。
韦奇伍德陶器呈暗蓝色,
雕刻的白色人物在那里扑闪

像树叶在空中飘动。

触感一流,但缺乏男子气概
那种希腊精神已变得柔弱。
塞夫勒的工厂给上等的盒子
添加了装饰,这些点缀
从喷泉涌流的花园中挑选而来
有金鲤在阴影中闪现,
在睡莲浮叶下面蹭着面包屑,
那是女士们一时兴起抛下去的。
放荡的花花公子跪在蛋壳托盘上,
优美地手按胸部,在花丛中
为爱情赌咒发誓,易变而明亮
造作又脆弱,巧妙地诉说了
十八世纪骑士的誓言。
古老的荷兰水壶粗劣的色调
在架子上闪耀,矮胖的老人形酒杯
不断地畅饮起泡的啤酒,
它的泡沫沾上了灰尘,等待出售。
燃烧的木头火光闪闪
嬉戏在远处架子上的一排罐子上,
仿佛天空借用了他纹章上一半的色调
给这些瓷器涂上了不知名的色彩

红色染成紫色,绿色变成蓝色,
它们的光泽转瞬即逝,只能感到
原来的颜色,却无法看见。
奇异的带翅膀的龙翻腾在
这些花瓶周围,毒液四溅,
充满了古老中国的魔力;
密封的瓮中藏有致命的伤害,
用不纯的念头充满大脑,
从恶毒的思想中渗出
致命的汁液。"哦,我明白了,"
我说,"你是做陶器生意的。"
老人转过身望着我
轻轻摇了摇头。"不,"他说。

然后他从斗篷下取出那个东西
我很惊讶他竟然会把它带在身上
小心翼翼不让人发觉。
他把它放下,它在灯光中闪烁着,
一把托莱多刀,带有篮形刀柄,
镶着镀金的阿拉伯图案,
或者是纯金的花纹,经过回火
可以一下切断一根浮线。

老人微笑道,"它没有刀鞘,
把它放在斗篷下有点粗心,
因为撞到我的胳膊
就会造成严重伤害。
可是它太美了,我等不及了,
所以不顾它的状态,把它带在身边。"
"一个武器爱好者,"我想,
"把他买来的奖品带回了家。"
"亲爱的先生,你喜欢这种东西吗?"
"不是你推断的那样。
我需要它们做生意,仅此而已。"
他用手指着墙。于是
我看到了之前没有注意到的东西。
墙壁上悬挂着至少五十把
各种尺寸的刀和匕首
都是各国的好战分子才能发明的。
有毒的长矛来自热带海洋,
那些原住民,在香蕉树下,
给矛尖涂上致命的蛇毒。
野蛮人制作的浸血的箭头,
带有橙色和绿色的尾翎,
颤抖的死亡,带着丑角的光泽。

高处，一台闪亮的钢制风扇
由双刃大砍刀组成轮形。
国王早朝时佩戴的镶宝石的剑
悬挂在见习船员的匕首旁边，
这些肘形短剑来自西班牙，
刻着某个西班牙绅士的大名。
有来自古老日本的武士刀，
也有来自印度斯坦的弯刀，
还有土耳其弯刀的刀刃
在火光中，给墙壁投上
波动的玻璃似的白色条纹。
纽扣碎裂或者丢失的花剑
堆在椅子上，中间扔着一把
私掠船的登船长矛。
烟囱旁斜倚着一件奇怪的
双手使用的武器，
仿佛因为砍击头骨已经卷刃。
生锈的血迹仍在把它腐蚀。
我的主人从陶碗里的一堆纸片中
拿起一张，用燃烧的煤块点燃。
桌子两端，分别立着高高的蜡烛，
插在纤细锃亮的锡制小烛台上。

老人点燃了每一根烛芯,
房间里的景象在我的眼前
清晰起来,我可以看见
摇曳的火光向我隐藏了什么。
在烟囱大张的喉咙上方,
齐肩高,如黑色护墙板一样,
是一个磨光的橡木壁炉架
被火光熊熊的夜晚,那呛人的烟雾
熏得发黑;一个失去光泽的
克伦威尔铜钟,伫立
在各种各样的餐具中间
像是喧腾大海中的一块岩石。
那里放置着各种用途的刀子,
最锋利的柳叶刀,钝头的
剪枝用的钩镰;剃刀,
解剖刀,大剪刀,一排排的
折叠刀,带着珍珠母的把手,
还有长柄镰,普通的镰刀,剪刀;
一个刀尖和锋刃的旋涡,下面
一把竖着锯齿的锯隐约闪烁。
我的脑袋一片昏乱,我似乎听到
从附近某处传来一声战斗的呐喊,

武器的碰撞声,炮弹的尖啸声,
以及死者倒下时没有回音的砰砰声。
烟雾笼罩着房间,
射出可怕的眩光;阴暗中
回荡着叫喊声和垂死的呻吟声,
血水溅在冰冷坚硬的石头上。
马刀和标枪在光带中
穿过烟雾闪耀,在我的右方
一把短剑,像吞吐的蛇信,
在叮咬时迅疾地一闪。
急流,刀尖,火线!
青灰色的钢铁,被人的欲望
铸造和焊接,烧得又白又冷。
人类所能制造的每一把刀,
都可以切、砍、劈、撕、
刺、戳、刻、剥、
划、剁、削、拉、
片、剜,一应俱全。
无力地颤抖着,我一圈又一圈
环顾四壁和地面,
直到房间像陀螺一样旋转起来,
一个严厉的声音在我耳边响起,

"停下！我这里不卖杀人工具。
你在想些什么东西！请清除
你心中的这些想象。坐下。
我会告诉你这些事情。"

他把我推到一张硕大的
黄褐色的皮椅上，用那把
古旧的长剑，捅捅炉火
火苗在烟囱里升腾，但他未发一言。
他慢慢走向远处的架子，
取来一个最优等的代尔夫陶罐。
他青筋凸起的手
在盖子上放了片刻，然后撕开
仔细粘了一圈的封纸，
打开，倾倒。一阵滑动声
从他苍老白皙的双手下传来，
我看见一小堆沙子，
漆黑而光滑。它们会是什么呢？
"胡椒，"我想。他看着我。
"你看到的是罂粟籽。
对于需要它的人是忘川之梦。"
他用一只手轻轻把种子抓起

像沙漏里的沙子一样慢慢筛选。
他苍白的手指上，贵榴石
射出鲜红的光芒。
"那些疲倦得无法入睡的人的幻象。
这些种子给哭泣的眼睛蒙上一层薄膜。
没有我出售的这些罂粟籽
没有一个人能在这世上生存。"
他摆弄了一会儿这些闪光的颗粒，
让它们穿过自己的手指。
最后，他把罂粟籽倒回
荷兰蓝的陶罐中，
小心翼翼地放回原处。
随后，他苍老的脸上浮现出微笑，
将一把椅子拉到桌子和烟囱
之间的空地上。"前言少叙，
年轻人，我要说的是，你看到的
并不是你所认为的谜题。"
"可是，先生，肯定有些奇怪
在一间商店里居然有如此多样的货物
每一种都各自不同，如同剑与种子。
你的邻居们的需求一定大相径庭。"
"我的邻居们，"他抚摸着下巴说，

"从这里到北京到处都是。
但你错了,我的这种货物
只是一种东西,但风格各异。"
他从口袋里取出一个鲨鱼皮信盒,
优雅地递给我一张印好的卡片。
我读着上面的字:"以法莲·巴德。
词语交易商。"那就是全部。
我盯着这几个字,真是古怪,
或许这仅仅是个玩笑。
他回答了我没有说出口的疑问:
"所有的书不是梦想,就是宝剑,
你可以用词语切割,也可以用词语麻醉。
我的商号非常古老,
我书中的条目可能会惹起
你的好奇,甚至是怀疑。
我从一个遥远的先祖那里
继承了这项生意,我的顾客
和我祖父的时代一样,
都是作家、诗人和戏剧家。
我的剑为每一种语言而锻造,
为了剑技而磨砺,或是为了将世界
所纵容的古老陋习撕出缺口。

另一个房间里是我的磨刀石，
为了磨快剃刀，磨尖匕首，
有时我甚至给锋刃涂上一种
微妙的毒药，以便
让打击产生双重的效果。
购买这些的人觉得
需要刺穿社会的脚跟，
他们的自我中心促使他们以为
社会骑在他们脖子上。我的花剑
能把对手刺得做出奇怪的反应，
有的顾客喜欢买解剖刀
用来解剖人的大脑和心脏。
有超凡脱俗的雅客
甚至需要更精良的品种
来打开自己的灵魂和思想。
可我另一半的生意
是与幻觉和幻想打交道。
密封，分类，放在这里的容器中，
我保存着一种气氛的种子。
每个罐子都盛着不同种类的
罂粟籽。紫色花朵
来自最遥远的印度，充满了鸦片，

从中提炼出最为传奇的神话;
它们都装在我的东方瓷器中。
那些靠墙的洛斯托夫特瓷罐
装着一种更轻盈的明丽的幻想;
那些古老的撒克逊蓝瓶,摆脱了炎热
在门旁边最低的架子上,
装着一种'金黄色的'理想。
每座空中楼阁
都沉睡在细小的黑颗粒里,
那是为每一种浪漫准备的种子,
或者为夏夜之梦的气息所准备。
我满足各种需求和口味。"
他的话语缓慢,不慌不忙
似乎在推销他的货物,
我听得目瞪口呆。不久
一根木头在火堆中裂成两半。
他迅速抬起头,"先生,你呢?"
我思索着我该说些什么;
惊愕让我麻木。"今天
你为一项徒劳的任务而汗流浃背。"
他替我说道,"你要什么?
我该如何为你服务?""我好心的主人,

我身无分文的赤贫绝非自夸；

我身上没有钱。"他笑了。

"我把你骗到这里不是为了钱；

你已经提前付了钱给我。"

我又一次感到恍惚

我的感官变得麻痹。

他再次开口，这次是为了解释。

"我需要的钱是生命，

你强健的力量，你的快乐，你的斗争！"

他以如此平静的表情

提出了一个多么无耻的建议？

冲破麻木无力的状态

我愤怒地大叫起来：

"这是梦魇，还是我

喝了某种地狱的酒？

我不是浮士德，我所拥有的

是我所谓的灵魂！老头子！

不管你是魔鬼还是幽灵！

你地狱般的计划让我厌恶。

放我走。""我的孩子，"

那老者苍老的语调异常温和，

"我无意用灵魂来交换；

我的交易不需要这样的代价。
我不是魔鬼;有魔鬼存在吗?
恐惧的年代肯定已经过去了。
我们生活在一个白昼世界
被太阳照亮,风把云彩吹散
吹成滴滴答答的雨,
然后又把太阳吹回来。
我把我的幻想,或者是剑,
卖给那些更关心词语的人,
它们是思想的标志,
超乎任何其他的生活设计。
谁买了我的东西就必须
彻底付出他们整个存在:
他们的力量,他们的男子气概,他们的青春,
他们的时间,从早晨开始
直到傍晚踮着脚尖到来,
以及正在失去的生命,却认为它已经完满;
必须丢掉其他人想当然的东西
才能获得更深刻的洞察力;
必须弃绝所有安逸,所有妨碍人的爱,
所有可以把握或束缚的东西;必须证明
思想最遥远的边界,

不要逃避这些带来的结局；
然后心满意足地死去，知道
播下的一切都是值得的。
我保证我出售的所有货物
会很好地为它们的目标服务，
你会死，它们却会活着。
我的给予完全配得上你的付出。
你以为你今天的工作是徒劳的。
那以后发生的一切
都是你辛劳的结果。我对你说过
在这交易中，我份属应当。"
"我的生命！这就是你渴望的
报酬？甚至童年的一切！
我已经贡献了我的青春。
在上帝面前，我说的是真话！"
过去数小时的疲惫和兴奋
终于让我崩溃了。
整天我都忘了吃东西，
我的神经背叛了我，缺少肉食。
我低下头，感觉有风暴
把我衰竭的身体犁得粉碎。
无泪的呜咽撕扯着我的心。

我的主人退到一边；
在他的陶器中间忙碌，
不再理会我。
精疲力竭，我蜷缩在那里，
在古老的雕花椅子的扶手里。

漫长的半个小时过去了，
然后我听到一个和蔼的声音：
"天就要亮了，
你必须重新开始工作了。
这是你需要的东西。"
在逐渐微弱的炉火
和摇曳不定的烛光下，
我看见老人站在那里。
他递给我一个小包裹，
捆着深红色的带子，封好了。
"里面是许多不同的花种，
它们将占据你幻想的
最高力量，这些剑
是我店里最好的。
回家去用吧；不要吝惜自己；
让它成为你全部的关心所在。

无论你要买什么
非常肯定,我都能提供。"
他慢慢走到窗前,猛地把窗推开,
灰色的空气中响起了
遥远的早祷的钟声。
我拿起包裹,然后,
像古代僧侣数念珠一样,
我试图感谢他的彬彬有礼
我那陌生的老朋友。"不,别说话,"
他催促我,"你还有很长的路要走。
再见,祝你愉快!"
我悄悄加快了脚步
跌跌撞撞走出清晨的寂静,
空无一人的街道上奔涌着
一股初升旭日的红晕。
新的一天刚刚开始。

被俘的女神

屋顶上,
旋转的烟囱帽上,
我看见一片颤抖的紫色
蓝色和肉桂色
闪烁了片刻,
在灰扑扑街道的遥远尽头。

穿过雨幕
出现了一抹深红色
我观察月光
被暗淡的绿色薄雾遮掩。

那是她的翅膀,
女神!
她在云端漫步,
把她彩虹的羽毛

斜放在气流上。

我追随了她很久,
带着凝视的眼睛和蹒跚的脚步。
我不在乎她把我引向哪里,
我的眼睛充满了色彩:
藏红花,红宝石,绿玉的黄色,
以及石英的靛蓝;
玫瑰的飞行,层叠的绿玉髓,
橙色的尖芽,朱红色的螺旋,
虎皮百合花瓣有斑点的金色,
怒放的绣球花明亮的粉色。
我追随她,
注视着她翅膀的闪光。

我在城市里发现了她,
在街道狭窄的城市。
我在市场上遇见她,
被捆绑着发抖。
她压皱的翅膀用绳子捆在身侧,
她赤裸而寒冷,
那一天吹着冷风

没有阳光。

人们为她讨价还价,
用金子和银子,
用黄铜和小麦做交易,
满市场叫价。

女神哭了。

我掩面逃走,
灰色的风在我身后嘶嘶作响,
沿着狭窄的街道。

罗切斯特教区

高高的黄色蜀葵耸立着,

静止而挺拔,

在宁静的阳光中,

舒展开圆形的花朵。

静止的还有古老的罗马城墙,

布满粗糙的锯齿状燧石,

和突起的石块,

古老而嶙峋,

在它的古朴中静静伫立。

梨树的枝条紧贴着墙,

感受它的温暖与和善,

小小的梨子成熟,变成黄色和红色。

它们沉甸甸地垂挂在墙上,

充满了汁液。

如此古老,如此安静!

天空静止。
云彩没有发出一丝声响
当它们滑过
越过大教堂的塔楼,
向着河流
和大海飘去。
它非常安静,
阳光明媚。
桃金娘在阳光中伸展,
却没有发出一丝声响。
玫瑰的藤蔓向上攀爬,
越爬越高。
有些已经爬过了墙头。
但是它们非常安静,
仿佛不曾移动。
而古老的城墙背负着它们
毫不费力,悄悄地
庇护着藤蔓和花朵,使其成熟。

一只鸟栖息在悬铃木上
唱着几个音符,
节奏齐整而完美

把它们编织在寂静中。

大教堂的钟声敲响,

一下,两下,三下,再一次

又一次。

那是一种安宁的声音,

呼唤人们祈祷,

几乎没有打破寂静,

而是使之更加紧密地聚拢。

园丁在采摘成熟的醋栗

准备今晚教长的晚餐。

它非常安静,

非常整齐和圆润。

只有那墙是古老的,

它经历过许多岁月。

它是一座罗马城墙,

留在那里,已经被遗忘。

大教堂的院墙外面

传来尖叫和不满的嘟囔声,

那些人既不圆润,也不很整齐。

人们更关心面包而不是美,

他们想要打开圣徒的坟墓,

把教堂的彩色玻璃窗
给他们的孩子当玩具。
人们说：
"他们死了，我们活着！
世界是为了活人的。"

傻瓜！永远是死者孕育生者。
压碎成熟的果实，抛在一边，
可它的种子将结出果实，
树木耸立在你的棚屋原址上。
但是渺小的人类何其无知，
他们讨价还价，挤成一团。
他们像老鼠一样又啃又咬，
把大教堂的地基变成了蜂窝。

教长在礼拜堂里；
他正在看建筑师的账单
那是大教堂修复完工的费用。
晚餐他将享用成熟的醋栗，
然后他会沿着墙边小径
来回踱步，
欣赏金鱼草和大丽花，

想着花园是多么
安静与祥和。
古老的墙将注视他,
非常安静和耐心地注视他。
因为这墙是古老的,
它是一座罗马城墙。

骑行者

他们散布在路上，
夹克吹开，
像黑色翱翔的翅膀，
从山坡上俯冲而下
　　这些骑行者。

仿佛黑羽毛的
鸟儿，追逐腐肉，
倾斜，盘旋，
在垂死的
　　英格兰上空。

她敞着胸怀
躺在他们脚下，不再是
主宰一切的母亲，
不再强壮——而是

提前腐烂。

她污浊的气味,
刺激着他们的鼻孔。
他们欢快地盘旋,
用不祥的预兆
　　遮住太阳。

阳光透过布满蛛网的窗户

多么迷人,你这旧世界褪色的挂毯,
陈腐、幼稚的神秘,
模糊的庆典编织在梦的网上!
而我们,在现代生活的浑浊急流中推挤、争斗,
在你光泽暗淡的刺绣中找到安慰。

长满青苔的古老大厅,高大的雪松遮住阳光,
层层叠叠的树枝水平伸展,如同
暗色条纹的日本版画。雕刻的大教堂,
在一片淡淡的天空上,哥特式尖顶高耸
桅杆一样摇晃,迎着变幻的微风。

虫蛀的书页,夹在棕色的旧牛皮纸里,
因为某个焦虑的僧侣,过度翻阅而皱缩。
或者是圣母的时辰书,金光灿烂
雕刻着花卉和珍稀鸟类,甚至天堂的所有圣者,

还有卡在亚拉腊山的方舟,当整个世界已经沉没。

它们安慰我们,像花园中听到的歌曲,
由年轻的吟游诗人,在月光下吟唱
以抑扬起伏的音调,安慰一个女王,
寡居无子的女王,蜷缩在桃金娘的屏风中,
她的生活悬而未决,所有的线索都已绷断。

伦敦街道,凌晨两点

他们给街道洒了水,

它在灯光中闪耀,

冰冷,白色的灯,

它躺着

像一条缓缓流动的河,

镶着银色和黑色的条纹。

出租车驶过,

一辆,

又是一辆。

在它们之间,我听到拖曳的脚步。

流浪汉在窗台上打盹,

夜行者沿人行道经过。

城市肮脏而险恶,

它的中心是银色条纹的街道,

缓慢流淌着

一条没有方向的河。

正对着我的窗户，
月亮切入
又亮又圆，
穿过洋李色的夜幕。
她无法照亮城市，
它太亮了。
它有白色的路灯，
冷冷地闪耀。

我站在窗前，望着月亮。
她单薄又暗淡，
可是我爱她。
我熟悉月亮，
而这是一座陌生的城市。

散　光

（致艾兹拉·庞德；怀着深厚的友谊、欣赏及某些分歧意见）

诗人拿起他的手杖
上等抛光的乌木。
在紧实的木纹中，
雕刻着古雅的图案；
有琥珀的花纹
和翡翠的云绿。
顶端是光滑的黄色象牙，
一串暗淡的金色流苏
用一条褪色的线绳
悬挂在硬木的小孔里
周围环绕着银圈。
多年来，诗人一直在雕琢这根手杖。
他用财富丰富它，

他用经历装饰它,
他用劳动塑造和打磨它。
对他来说,它是完美的,
既是艺术品,也是武器,
既是快乐,也是防卫。
诗人拿起他的手杖
走了出去。

和平与你同在,兄弟。

诗人来到一片草坪。
草丛中点缀着雏菊,
它们张着小嘴,惊讶地凝视着太阳。
诗人用手杖击打它们。
雏菊的小脑袋飞了出去,它们倒下
死去,张着嘴,惊讶地
躺在坚硬的地上。
"它们毫无用处。它们不是玫瑰,"诗人说。

和平与你同在,兄弟。走你的路吧。

诗人来到一条溪流旁。

紫色和蓝色的鸢尾花在水中跋涉；
有斑点的青蛙在它们中间跳跃；
风儿吹拂，风声瑟瑟。
诗人举起他的手杖，
鸢尾的脑袋掉落水中。
它们被撕碎，漂走，沉没。
"可怜的花，"诗人说，
"它们不是玫瑰。"

和平与你同在，兄弟。这是你的事。

诗人来到一座花园。
大丽花在墙边盛开，
紫罗兰勇敢挺立，尽管身材矮小，
喇叭花的藤蔓覆盖了凉亭
绽放着红色和金色的花朵。
红色和金色，像喇叭的黄铜音符。
诗人敲掉了大丽花僵硬的脑袋，
他的手杖把紫罗兰砍倒在地。
然后他把喇叭花从花茎上斩断。
红色和金色，散落一地，
红色和金色，如同在战场；

红色和金色,倒下,垂死。
"它们不是玫瑰,"诗人说。

和平与你同在,兄弟。
可在你身后是破坏和废墟。

诗人傍晚回到了家,
在烛光中
擦拭并抛光他的手杖。
橘色的烛光在黄色的琥珀中跳跃,
使绿色如翡翠的池塘一般荡漾。
烛光在明亮的乌木上嬉戏,
在奶油色的象牙顶端闪耀。
可这些东西都是死的,
只有烛光使它们看似在动。
"可惜没有玫瑰,"诗人说。

和平与你同在,兄弟。是你选择了你的角色。

拾煤者

他栖息在烂泥中,呆滞迟缓,
满身五彩斑斓的泥土。
水坑表面的油污干涸了
成了孔雀眼的颜色,
半浸在水中的番茄罐头
鳞片闪光,像海中怪兽
湿淋淋地爬过泥浆。
地上零星散落着
一些没有充分燃烧的煤块。
他的任务是把它们
从污秽中捡起来,一块块
储存起来,等待隐藏在
每一块炽热煤芯里的太阳
闪耀着,再次获得自由。
它们尖利而闪亮的边缘
划破他僵硬的手指。透过黑灰

伤口闪耀着红色,不会愈合。
他跪着,浑身湿透,颤抖
挖着溜滑的煤块;它们像鳗鱼一样
四处滑动。他用尽力气,
清点着自己微小的收获。
不过是几块煤渣
灵魂里仍然跳动着火焰。
火!在他的思想中燃烧
那是祭坛上黄玉色的圣火。
他看见火焰从山峰掷向山峰,
仍在消耗,仍在燃烧。
火舌越跳越高,
烟雾成了不断变幻的背景。
他看见一座古老的西班牙城堡,
银色的台阶和金色的甬道。
从桃金娘的凉亭中传来
喷泉的泼溅声,鹦鹉
在橘树上闪烁翡翠的光芒,
树上的花朵间放牧着嗡鸣的蜜蜂。
他知道他正在侍弄的那些香炉
它们的烟雾会带来幻象,他的绝技
便是从肮脏和不幸中

点燃诗歌的火焰。
他看见了光荣,但是他知道
别人看不见他的表演。
在他们看来,他的烟雾是无形的,漆黑的
他供奉的祭坛只是一堆
废弃的古老碎片,他的火
只是小商贩的火;可对他而言
那柴堆是熏香的,永恒的目标!
他叹了口气,继续挖掘另一块煤。

风暴肆虐

我该如何歌唱,当咸涩的波涛
摇动痛苦刺人的巨浪,它的威力
抛打着我这只小小的海贝?可怕的夜晚
调遣它不可战胜的黑暗,咆哮着
在残忍的疯狂中,在被征服者
早已沉没的坟墓上面,来回旋转
悲号着将他们卷下去,供阴森的精灵饱餐
那些出没于肮脏的海草树林和洞穴的精灵。
没有任何云层裂开,显露水汪汪的星星,
我的呼喊随风吹散,
我痉挛起泡的双于找不到任何帆桅,
我的眼睛因紧张的希望而逐渐失明。
可那画在天空上的伟大幻象仍在燃烧,
我的声音,是祭品来自破碎的祭坛!

康复期

从无边的大海深处,挣扎而出
被波浪束缚,被弯曲的海草缠绕,
他艰难地向这弧形的海滩爬去,
站立了片刻,苍白,滴着水,
沉默不语,像一座天青石的浮雕,
然后扑倒,被滑动的贝壳和陆地背叛,
倒向嘲弄的水中,他的双手
在没有支撑的地方抓寻支撑。
就这样一上一下,一寸寸前进,
他逐渐靠近那片罂粟盛开的海岸,
白蛉在舞蹈中度过短暂的一生。
吸力强劲的海浪妨碍着他,海草
把他抱得更紧,可是陆上的风吹拂,
五月的太阳在天空中如花怒放。

耐　心

要对你有耐心?
　当弯曲的天空
俯身在群山上
温柔地,像一个人安抚着
　苦闷,聚拢大地,躺下
拥抱,环绕。那些充满阳光的人
　那时可会感受到耐心?

要对你有耐心?
　当白雪覆盖的大地
裂开缝隙,让突如其来的绿色
喷涌而出,从泥泞的污秽中
　一朵雪莲跃起,被霜冻僵的眼睛
如何衡量它的价值,那些疲倦的人
　那时可会感受到耐心?

要对你有耐心?
　　当痛苦的铁栅
将铆钉拧死,严酷地
将受害者折弯、压垮;当他们
　　绝望地转身,夜晚的紫色陶罐
溢出遗忘。这些人
　　那时可会感受到耐心?

要对你有耐心?
　　你!我的太阳和月亮!
我那满篮子的鲜花!
我闪光的梦的钱袋!我的午后,
　　无风而寂静的时辰!
你是我的世界,我是你的公民。
　　那时,耐心还有什么意义?

致　歉

别对我生气,我把你的色彩
　　随身带到了每一个地方,
　　穿过每一条拥挤的街巷,
　　　　一路上遇见
　　每一只眼睛中好奇的光芒,
　　当我经过时。

每个跋涉的旅人都抬头瞩目,
　　被彩虹般的迷雾弄得眼花缭乱,
　　幸福的材料,
　　　　一点不少:
　　用金孔雀色调欢快的皱褶
　　　　把我包裹。

我脚下粗糙的路面,尘土飞扬
　　灰蒙蒙中泛出红润。

我的脚步光芒环绕,
　　　如此灿烂。
似乎有无数的太阳
　　　撒遍整个小镇。

周围回荡着尖塔的钟声,
　　浓郁的芳香浮在空中
　　像被风遗忘的云朵,
　　　　笼罩着我
　　将我与世隔绝。
　　　　我栖身于珠光之中。

你用宝石的徽章把我装饰。
　　一座燃烧的星云
　　环绕着我的生命。而你
　　　　却将那句话
　　强加给我,没有悔意
　　　　也无法猜透。

请　求

我祈求成为你手中的工具
长久使用，并把它塑造，直到
适合你的需要，毫不犹豫地
接受它的服务。我需要
被你遗忘在编织的丝线中
成为你绚烂生命的多彩织锦，
在它的组织中隐藏起一个
牢固、持久、灰色的条纹。
我愿居住在你的白日梦中，
成为通往云彩阶梯的栏杆，
守护你稳步攀登，在那里
仙境汹涌的月光，把拥挤的
尖锐的群星洗得发白。忘记
从何处，你安全地登上九天。

笨　蛋

在我面前躺着一堆无形的日子，
分不开的原子，我必须
把它们归类，救活。筛落的灰尘
覆盖着这无形的一堆。没有缓刑
也没有推延。像祈祷的僧侣，
把滑动的念珠分开，于是
我把每个乏味的微粒推到一边，
再次开始永不停歇地工作。
我已见识到太阳的伟大荣光，
当日子闪过，搏动着快乐与火焰！
用欲望的高脚杯畅饮起泡的醇酒，
感受血液奔涌时的欢笑！
酒已洒落，我那过于匆忙的手
把杯子抛下，未能明白究竟。

愚　蠢

最亲爱的，请原谅我笨拙地触摸
折断并弄伤了你的玫瑰。
我几乎不曾设想
它竟如此脆弱，我的一握
　　就能这样，把它杀害。

它曾骄傲地挺立在花茎上，
我未曾有一丝恐惧，
靠得太近
失去平衡，跌向你的衣裳下摆，
　　把它撕裂。

如今，我俯身，一片片聚拢，
那些深红色的花瓣，是我
把它们碰落了一地。
它们仍带着芳香，一个血红的

记忆的锥形。

我用词语雕刻了一个小瓶
来珍藏它们芳香的灰尘，
当它打开时，你定会
吸入你的灵魂，并在呼吸间明了
　　　我的悲伤远远超过了你。

讽　刺

一束沉闷的阳光沿着海滩闪耀
干涸,成了单调乏味的灰色,
搁浅的水母在太阳烘烤的卵石上
柔软地融化,遥不可及之处
闪耀着潮湿、复苏的海洋。
这些漂白的鱼骨架,每根骨头
都光滑而赤裸,像石头的窗花格,
关节和接合处变硬,彼此相连。
它们在等待大海时死去,
等待月亮追赶的海,再次到来。
它们的心脏被灼热的微风吹走。
只有贝壳和石头能够等待
被洗得发亮。至于痛苦的有生之物,
坚持不到时间给它们带来解脱。

下弦月

我要多久才能让生命的镜子失去光泽,
在它擦亮的钢铁上溅上一层锈迹!
季节旋转
像一个被驱策的车轮。
半是麻木,半是疯狂,我的日子就是战斗。

夜晚滑向黎明,
倒置的群山蹲伏在秋天的膝下。
一轮撕碎的月亮
穿过铁杉树林逃逸,
时光啃食它,喂养自己的子嗣。

追逐和嘲弄着这畸形的东西
一堆乱云在东方闪耀而出。
像被放出的狗群
追赶一头野兽,

它们在天空奔流,一根拉长的弦。

一阵凄风,穿过无人的黑暗,
摇撼着灌木,呼啸着穿过空巢,
我留作客人的
强烈的不安
用尸体挤满我的大脑,苍白而赤裸。

让我安静一下吧,鬼魂们,你们纠缠着
我劳苦的心,我战斗过,失败过。
我没有退缩,
我毫无防护
我赤身奋战,这是我唯一的骄傲。

月亮跌入在银色的白昼
仿佛从昏厥中苏醒。
我听见
千年的鼓声
敲打着我仍要逗留的每个早晨。

我必须观望岁月来来去去,
用水建筑,在空中挖掘,

号角吹响

空洞的绝望,

那最后溃败的颤抖的号角。

一个原子抛进世界酿造的

混乱,它翻腾着泛起泡沫。

我来自何处?

什么是家?

听不到回答。我恐惧万分!

我渴望迷失,像风吹的火焰。

被一阵呼吸推送进虚无,

在吞噬死亡的

花环中熄灭

这是为上帝而战,还是魔鬼的游戏

一个饿死者的故事

曾经有一个人,众神不爱他,
他的性格也不讨人喜欢。
他憎恶邻居,邻居也憎恶他,
他总是诅咒个不停。

他谴责太阳,他谴责星星,
他向天空中的风吼叫。
他把任何绿色生长的东西送入地狱,
他向飞过的鸟儿咆哮。

他发过很多誓,发誓的范围很广,
发誓的方式也很奇怪;
但是他的意思很明确:没有任何造物
能让他看了而不带来伤害。

他孑然一身,住在一座斜坡下面,

朝向山冈的一侧没有窗户，
另一侧的窗户刷着厚厚的白色，
为的是挡住每一缕阳光。

他去市场的时候，一路上
总是咒骂他走过的每一步。
诅咒卖他东西的人，也诅咒买他东西的人，
以他知道的上帝的所有名字。

他的心在他疲倦的老皮囊中发酸了，
他的希望已经在胸中凝固。
他的朋友不忠，他被爱人抛弃
为了她最喜欢的叮当的钱袋。

老鼠吃光了他仓中的谷物，
野鹿踩坏了他的玉米，
他的小溪在夏天的干旱中枯涸，
他的绵羊还未剪毛就已死去。

他的母鸡不下蛋，他的母牛脱缰跑了，
他的老马因腹绞痛而丧命。
阁楼上，他的麦袋被咬出窟窿

被嬉戏欢闹的贪吃的小鼠。

他慢慢失去了曾经的所有,
血液在他的身体里干涸。
干瘪而卑微,可他仍然活着,
诅咒着欺骗了他的未来。

一天他正在挖土,挖了一两锹,
他刚能直起酸疼的后背,
就看见有东西在沟底闪亮,
于是他费了挺大的劲把它挖了出来。

他又挖又掘,小心又艰难,
前额上的血管绷得紧紧。
一个小时过去,当全身的骨头嘎吱作响,
他终于挖出了他所寻求的东西。

一块暗淡的旧玻璃,
棱角分明,深埋在地下。
变幻的红色和绿色,像鸽子的脖颈,
在阳光的触摸中开始跳跃。

它在树荫中暗沉沉,在阳光下
却像蛋白石一样闪闪发光,
雕成酒瓶形状,色彩流动变幻,
起初似乎什么颜色都没有。

它的两侧有把手,便于携带,
瓶身可以盛装潺潺的酒浆。
瓶颈纤细,瓶口宽大,
瓶嘴卷曲而精致。

在明晃晃的阳光中老人定睛凝视
色彩开始透过外壳显露,
曾经诅咒黄色太阳的他
抱着长颈瓶,擦去上面的尘土。

他把瓶子拿到最亮的地方,
那里有山影清晰地落下;
他转动着瓶子,凝视着它,
太阳照耀,他没有再发出冷笑。

他把瓶子带回家,放在架子上,
但它在阴暗处仅是一片灰暗。

于是他打来一桶水,拿来一块抹布,
带着一把扫帚来到了屋外。

他擦净了窗户,只为让阳光进来
照在他新发现的瓶子上;
到了晚上,他把瓶子取下来
放在桌子上,靠近门口的地方

一支蜡烛在气流中扑闪。
老人忘记了诅咒,
看着瓶子的阴影长成庞然大物,
在厨房里舞蹈。

第二天早晨,他忘记了斥责太阳
他发现他的瓶子在晨光中燃烧。
那一天他把瓶子拿到屋外,
始终放在身边,直到夜晚。

这样的事情日复一日。
老人以瓶子的美,
和它完美的形状为生。
他的灵魂忘记了以前的纷争。

村民来到门前,请求看一看
这个从地里挖出来的酒瓶。
老人把诅咒忘却在一边,兴高采烈地
向人们展示他的发现。

一天,村里学校的校长路过
他正在那里弯腰苦干,
为豆角垄翻土,他的身边
那只瓶子,放在翻起的土壤上。

"朋友,"校长自负又和蔼地说,
"你拥有的东西十分贵重,
但在户外它可能会被打碎,
它理应得到最好的照应。

你把它放在外面干什么?"
"先生,"可怜的老人说,
"为何我喜欢带着它,你明白吗?
我要尽可能和它待在一起。"

"你会打碎它的,"校长严厉地说,

"记住我的话,走着瞧!"
说完他就走了,留下老人
沮丧地望着他的宝贝。

然后他对自己笑了笑,因为这是他的!
他为它辛劳,如今他珍爱它。
是的!他爱它的形状,爱它变幻的色彩,
这是他辛勤努力的结果。

他决定处处把它带在身边,
因为这样能使他快乐。
易碎的瓶子不该放在豆角垄上!
谁胆敢这样说?谁?

于是他平静下来,恐惧也消失了,
他又弯下腰,继续锄地……
一个土块滚下,他的脚向后滑,
发出一声痛苦的尖叫。

锄刃撞上了玻璃,
瓶子摔成彩虹般的碎片。
老人弓着身子,发出缓慢干涩的呜咽。

他没有诅咒,他一言不发。

一个一个,他把碎片聚拢,
他的手指被撕裂、割伤。
然后他挖了一个洞
就在发现瓶子的地方。

他把洞堵上,把土拍平,
然后蹒跚地回到屋里,关上门。
他把衣服撕破,钉在窗户上
没有一丝光线能透过窗板。

他在空荡荡的壁炉前坐下,
他不吃也不喝。
三天后人们发现他死了,已经冰凉,
他们说:"真是一个奇怪的老怪物!"

异乡人

你们上吧,你们这些魔鬼!
我的后背紧靠着这棵树,
因为你们绝非善类
所以我的后面
要避开你们的攻击。
现在上吧,你们三个!

这位打扮花哨的绅士,
剑锋直指,
一只手腕旋转
像一个圆形关节。
溅上一摊血,老兄!
那仅仅是涂油

让你的四肢柔软。
真是可惜

你的绸马甲被弄脏了。
哎呀!你的心中满是奶汁,
满得溢了出来!
我可不是你那种人。

你这么说,还嘲笑
我过时的长袜,
我剪的发型,
和我鼻子的长短。
我以为你打算将它
雕刻成你的模样。

请原谅,年轻的先生,
但是我的鼻子和剑
将证明它们自身
十分完美和谐。
弄脏了你的衬衫
真让我难过。这是实话!

哟!你这恃强凌弱的家伙!
剑可不是棍子
可以左劈右砍,

而且我的脑壳太厚
这样的剑怎能
劈开。现在舔一下

你的脸颊。
一道多么漂亮的红线！
去小酒馆里说，那道伤疤
是一种荣誉。不要抱怨
一个陌生人给你留下了记号。

＊　＊　＊　＊　＊

树在那里，你这猪猡！

你以为能从背后
偷袭，当你的朋友们
在前面，做出小小的
牵制？就这样结束了，
你的剑哐当一声
落在地上。这是补偿

回敬你们

对我的礼貌招待,

作为一个陌生人,

我漂洋过海而来。

你们的欢迎真是热情

我想你们也会同意。

我的鞋子上

没有镶金扣,我的头发

也没有涂芳香的油,

我的外套不是绸缎,我穿着

扎口的马裤,戴着宽檐帽,

让人目不转睛!

我就是这样,但是我的心

是一颗男人的心,

我的思想不能

像其他人那样

在有限的范围旋转

在我的脑袋和脚跟之间。

我有比我的靴子形状

更加奇异的事业,

我的兴趣范围
从天空，到你们
居住的这座粪山的山脚，
你们这些半腐烂的枝条

出自一棵腐朽的树！
再给你们来一下。
你们这些猿猴！傻瓜！
你可以给我指路
嘲笑我的习惯，
但是你们的心脏已被刺穿。

在我完成之前，
我将用我的剑
刻下我的名字，
你们洁白的皮肤
将印上我的印记。
因为我来到这里是为了胜利！

缺 席

今夜,我的杯子空了,
它的边缘冰冷而干燥,
被敞开的窗户吹来的风寒彻。
空空如也,在月色中泛出白光。
屋子里充满了紫藤花
奇异的芳香。
它们在灿烂的月光中摇曳
拍打着墙壁。
但是我的心杯依旧
寒冷而空虚。

当你来时,它便会盈满
红色颤动的血液,
那是供你饮用的心血;
用爱充满你的嘴
和一个灵魂苦涩而甜美的滋味。

礼　物

看！我把自己给你，亲爱的！
我的词语是小小的瓶子
供你取走，放在架子上。
它们的形状古雅而美丽，
拥有许多怡人的色彩和光泽
引人称道。
散发出芳香，充满整个房间
用鲜花和压碎的青草。

当我将最后一个瓶子赠予你，
你便拥有了我的全部，
但我也将不复存在。

笨拙之人

你在我的心里闪耀
像无数支烛火。
但当我伸手取暖,
我的笨拙却将灯火打翻,
于是我跌跌绊绊
在桌椅间摸索。

傻瓜的钱袋

长窗外面,
狗把头倚在石头窗台上躺着,
凝视着它所爱的人。
它的眼睛潮湿而急切,
它的身体绷紧,颤抖着。
露台上很冷;
灰色的风舔着石板,
可是狗透过玻璃凝视
感到满足。

心爱的人儿正在写信。
她偶尔对狗说说话,
但她想的是她写的信。
难道,她也把自己的忠诚
献给了一个不值得的人?

角色分配不当

我的心像一颗裂开的石榴
深红的种子流着血
滴落在地面上。
我的心裂开,因为它已成熟,盈满,
种子正从里面迸出来。

可这对我怎能不是一种折磨!
我,被关在破碎的陶器中,
在黑漆漆的壁橱里!

预　感

我一向节制，
可如果你来
我恐怕会酩酊大醉。
有些时候
我害怕走在街上
唯恐我会因为你的酒而踉跄，
撞到周围
经过的人。
此刻我焦渴无比，嘴里的舌头真是可怖，
但我的大脑喧声不断
充满了酒杯碰撞与满溢的咕咚声。

佳 酿

我要为自己调一杯星星的酒——
带着彩色针尖的大星星,
喷射出栗色和深红色的小星星,
凉爽,宁静,绿色的星星。
我要把它们从天空中撕下,
在一个古老的银杯中挤榨,
我要把我爱人冷漠的嘲笑倒进去,
让我的酒成为起泡的冰。

当我吞下时
它会轻轻拍打,刮擦;
我会感觉它像火蛇,
在我的腹中盘绕,扭动。
它的鼻息声会直冲我脑海,
我将灼热,大笑,
忘记我曾经认识过一个女人。

猩红的浆果树

雨水把花园小径冲出了沟壑
在宽宽的草叶上叮当作响。
一棵树,触手可及,笼罩在薄雾中。
即便如此,我也能看见它上面红色的浆果,
一颗猩红的果实,
覆盖着湿润的薄膜。
仿佛从它上面
滴下的雨水
也应该染上些许色彩。
我渴望这些浆果,
但是,在雾中,我的手只抓到了荆棘。
也许,它们也是苦的。

义 务

宽宽地撑开你的围裙
好让我把礼物倒进去,
这样你的双臂就几乎无法阻止它们
掉落到地上。

我将把它们倒在你身上
把你覆盖,
因为我强烈地感觉
需要给你一些东西,
即便是这些可怜的东西。

我心中最亲爱的人!

出租车

当我离开你时
世界的心跳停了
像一面松弛的鼓。
我对着耀眼的星星呼唤你
向着风的山脊大喊。
街道来得飞快,
一条接一条,
把你从我身边挤开,
城市的灯光刺痛我的眼睛
让我再也看不见你的脸。
为什么我要离开你,
让自己在夜的利刃上受伤?

赐星者

敞开你的灵魂欢迎我。
让你精神的宁静沐浴我
用它的清澈和涟漪起伏的凉爽,
让我这疲惫松弛的四肢,得以休息,
舒展在你的和平之中,仿佛躺在象牙床上。

让你灵魂闪耀的火焰围绕我嬉戏,
那火的敏锐会透入我的四肢,
那生命和欢愉的火舌,
而当我离开你,紧绷而和谐,
我会唤醒目光蒙眬的世界,
把由你而生的美倾倒进去。

神　殿

在我们中间跃动着一团金红的火焰,
升腾上天穹那拱形的蓝色空洞,
舌头摇曳向上,消失在阳光中。
我们难以知晓它的来历,
也猜不出它可能的名字。
那些火星一个接一个迸发
聚合成火焰。但是我们知道
嬉戏的风将把它们拍打和熄灭。
于是我们雕刻和打磨大理石块
把它围起来,珍藏其中。
我们用柱廊把它整个环绕,
以明亮的青铜为顶。雕花的门锁后,
高高的火焰受到庇护,熊熊怒放。
外面,受阻的风冲击着柱子的根基。

一个在成功前死去的青年诗人的墓志铭

这片草地下躺着
一个死于生长痛的人

回答一个请求

你向我索要一首十四行诗。啊,亲爱的,
时钟可会倒转,回到昨日正午?
破碎的落叶可会忆起去年的六月
跃上如今僵硬干枯的枝头?
为了你的,我愿意搜寻那一年,
它已消失在一排紫色沙丘尽头,
流沙在时间中吹来吹去,月亮
用幽灵的手指画上条纹,她的轻蔑
拉长了我的身影。是的,就在那里!
我的影子向前延伸,前方的地面
一片昏暗,因为光在背后。
真奇怪,戴着这样一顶可笑的帽子,
在观察它和行走之间,我发现
有太多的东西足以占据我的头脑。

我不能转身,光芒会让我盲目。

马克斯·布鲁克的伟大冒险

1

一扇敞开的门,把一道黄光
倾泻到街道上,在一片
宁静清澈的月光中,铺出一条
宽敞的金色甬道。门里传来
一阵阵欢声笑语,一首歌响起,
又很快淹没,再次迷失在欢笑、
酒杯碰击桌面的叮当声
和靴子跟的颤动声中。一个影子
在斑驳的烛光中落下,它的宽大
表明正是主人自己,这酒馆的主人。

2

这酒馆属于希尔沃丁克家族的一员,

詹·希尔沃丁克，他的酒颇负盛名。
在他的酒窖里，人们可以品尝到
最稀罕的酒，是虔诚的老修士
从多汁的葡萄榨出，用出色的技艺
提升其风味，在原汁中添加了调料。
这里酝酿着发泡的琥珀色啤酒，
给每只锡杯戴上泡沫的冠冕
漂亮得如同放纵的冬天
在老紫杉树顶闪耀的雪花一样。

3

高高的蜡烛立在桌上，那里
扭曲的酒杯，宝石般闪耀的红酒
克拉雷酒和波特酒。那些黄玉杯盏
盛满来自纤细的莱茵河长颈瓶的酒浆。
桌子中央堆着一些烟斗，
修长而整洁，未受火的洗礼的陶土
等待着燃烧的命运。后方，酒窖
从昏暗延伸向漆黑，摸索的通道
两边是木桶和支柱，黄铜的条纹与环带
仍在沉闷地闪光，在快乐的喧嚣之外。

4

"为好心的希尔沃丁克老先生,干杯!"
一个穿着带穗靴子的年轻人高喊道,
"把你最古老的白兰地拿出来炫耀,
从你酒窖最深的角落,把你的小桶
拿出来。马克斯怎么来了!
嘿!欢迎,马克斯,你来得正是时候。
我们要为老詹的好运干杯,抽抽
他最好的烟草,来一个盛大的高潮。
詹,给你这张纸,像压碎的百里香一般芬芳,
我们得拿最好的祝你好运,否则就让我们噎住!"

5

马克斯·布鲁克解开他的呢子斗篷,坐了下来。
"好主意,弗朗兹;祝詹先生好运。"
主人摆好一只瓶子;然后奔向
一只大酒桶,消失在地窖的深处。
马克斯拿起一只优雅的烟斗
如同郁金香的长茎,装满烟草,
把辛辣的烟雾深深吸进他感激的肺中。

蓝色的烟雾在洞穴中缭绕,飞进
银色的夜空。这时,一个男孩
冲进拥挤的酒馆,对他们大声叫喊:

6

"啊,先生们,这里有没有学识渊博的律师
辩护人,或者无所不知的顾问?
我的主人派我来问问,这样的人
常在何处,可是每扇门都关着,
上了门闩,因为时辰已晚。
求你们告诉我,现在我该到哪里
找一个精通法律的人,这事不能耽搁。"
"我是律师,孩子,"马克斯说道,
"我的大脑没有停业,尽管已是深夜。
我乐意尽我所能提供帮助。"

7

然后他再次披上斗篷,出发,
跟随那急切男孩的脚步

沿着斑驳的鹅卵石小径疾行,
酒馆里传来嘲笑他的差事的喧闹声。
皎洁的月亮透过新发的榆树叶,
窥视着,在闪烁的枝条间泼溅,
淹没了开阔地,又在阴影守护的
一排排整齐高大的房屋前
轻盈飞过。他们经过海关大楼
在春天芳香的夜晚匆匆赶路。

8

在面对运河的一扇门前
男孩停下脚步。树影遮暗。
水波有节奏地拍打着石头
声音悦耳,一艘单桅货船
抛锚沉睡,船上没有灯光。
男孩敲了两下门,脚步声靠近。
火苗透过锁孔闪耀,随后钥匙转动,
穿过敞开的门,马克斯走向
另一扇门,那里有声音传出。
他进入一个烛火通明的大房间。

9

一个穿着绗缝睡袍的老人
起身迎接他。"先生,"马克斯说,
"你派使者到镇上寻找律师。
我的才学有限,但我乐意效劳,
我的名字是马克斯·布鲁克,
一名律师,听您吩咐。"
"先生,"老人回答道,
"我很感激,并视此为殊荣。
我是科尼利厄斯·库勒,我的名声
在远海要比在陆地上更为人知。

10

我的船曾尝过陌生海水的滋味,
也在未绘成地图的岛屿上交易过货物。
她常常和热带的微风调情,
也曾以潇洒的微笑避开飓风。"
"呸,库勒,"另一个男人插话道,
"诗情够多的,立契签字吧。"
这声音似乎让老人马上枯萎了,

"我的好朋友,格鲁特沃——"他刚开口。
"不用介绍了,让我们来点酒吧,
把生意敲定,既然你终于做出了选择。"

11

他居然是这样一个苛刻而讨厌的人,
这个格鲁特沃,没有一丝善意的想法。
库勒解释道,他那双苍老的手紧张地
绞着胡子。他的船是从格鲁特沃那里
买来的。他原以为很快就能偿还
欠下的债务,但是一阵逆风
使他耽搁了,以至于货物售价
只到了应有的一半,就在他
到港的当天,他走上岸却发现
市场已经饱和,他原本计算的利润化为乌有。

12

一点一点地,马克斯逐渐明白了
格鲁特沃如何逼迫那个可怜的烦恼的老人。

他必须得到的钱,因为拖延太久了
把这个高利贷者变成了一个无赖。
"但让我带我的船走,带着大捆
染成深红、绿色和蓝色的棉布
图案精巧,专为适合大臣夫人的口味;
当我扬起破烂的帆,再次归家,
我会带给你如此丰富的货物
以至于你以前的所有冒险都将被视为浪费。

13

如此轻盈的泡泡绸,像起皱的奶油,
比太阳照耀的海洋还要靛蓝,
香料和芳香的树木,一根粗大的
檀香木,和刺鼻的中国茶叶,
烟草,咖啡!"格鲁特沃只是笑着。
马克斯听到了这一切,而更糟糕的是
那个海员所承诺的事情,让他发抖,
仿佛那恶棍用船钩刺中了老人;
他流血不止,筋疲力尽,乞求活命,
根本不知道自己走上了怎样的道路。

14

因为库勒有一个年轻活泼的女儿,
从小被精心抚养和保护着,很少露面,
但在一个阴暗而充满敌意的日子
格鲁特沃看到了她,当她经过厨房
去花园的时候。她飞快地跑开
他邪恶窥视的目光使她恐惧,
每当他来,她就把自己锁在房里,
不肯出来,也从不说是为什么。
她未来的纺车已经开始转动,
在寂静的夜晚,她听到了厄运的嗡嗡声。

15

马克斯在火边修理一支旧鹅毛笔,
对这工作感到厌恶,但明白自己无能为力。
他感觉自己的双手正在堆起柴堆
要焚烧两个灵魂,突如其来的晕眩
让他踉跄地跌回椅子。在他面前
放着仍未被罪行玷污的白纸。
"现在,年轻人,写吧,"格鲁特沃耳语道。

"'如果两年内我的船还没有回到
阿姆斯特丹,我将把女儿许配给
格鲁特沃,做合法妻子。'现在发誓吧。"

16

库勒发了誓,他的声音像中风一样颤抖,
他签下了名字,一条抖动、蜿蜒的线。
然后他呆坐在那里,痛苦地沉默着。
格鲁特沃站起身:"航行愉快,双桅船!"
他拖着脚步走出房间,离开了屋子。
他的脚步声在寂静的街头逐渐消失。
终于,老人开始慢慢清醒过来。
在别人的搀扶下,他再次颤抖着双脚站了起来。
"我的女儿,布鲁克先生,现在无依无靠了。
你能照顾她吗?我请求你庄严地发誓。"

17

马克斯把手放在老人的胳膊上,
"在上帝面前,先生,我发誓,

您不在的时候,我将尽我所能
保护您的女儿免遭任何伤害。"
面对这悲伤的惨景,布鲁克,
几乎想都没想就做出了承诺,
也没有预见到会有什么困难。
"我从小温柔地守着母亲一个人;
遵守着父亲临终的遗愿,他担心
自己死后,这个世界惯有的冷酷会降临;

18

我年轻时的情况就是如此,库勒先生。
去年冬天,我的母亲也过世了,我用工作
打发着日子,唯恐陷入对她的哀思,
而破坏了那些时常赢得她赞许的习惯。
我会很乐意用我的闲暇时间
确保您的家和您女儿兴旺幸福。"
海员表达了谢意,却转过身去。
马克斯的谦恭让他难以承受,
如此不同寻常,如此让人颤抖,
如此明显地在陌生人面前展露出来。

19

"明天中午钟声敲响时,到这儿来,
我将在满潮时出海,那时,
我会让你认识我的女儿。
在我道别之后,当她目送我离开,
双眼灼痛,如果你能带她回家,
那将是一个恩惠。她和一个年迈的女仆
住在一起,是她把她带大的。
但对如此自由的心来说,这并不是朋友。
也没有头脑配得上她的问题。就这么定了。
我必须远航,去为她把福杯斟满。

20

我的船是阿姆斯特丹最快的船,
所以,你无法寄信给我。
我将在另一艘船能够抵达之前
返回。现在说说你的报酬——"
布鲁克迅速打断了他。"等你再次
踏上街道的铺路石时再说吧。——晚安!
明天中午,钟声敲响时,

我会到大码头等你。"然后，尽管老人
一再请求他留下享用蛋糕和葡萄酒
他还是匆忙告别，关上门离开。

21

阿姆斯特丹的正午，天清气朗，
阳光给尖屋顶镶上了金色。
棕色的运河流淌着液态的青铜，
太阳在这里沉入寒冷的深水。
城中每一座时钟和塔楼都在锤打，
撞击，鸣响。钟声如此响亮，
似要唤醒阳光明媚的早晨，
宣布正午的到来，为这一天
最辉煌的时刻加冕！人群汹涌
喧笑，友好地推推搡搡涌向码头。

22

今天，幸运角号将扬帆出航。
她将在高潮时起锚，离开港口，

驶往中国。漂亮的鹦鹉船!
新刷了耀眼的油漆,行着屈膝礼,
召唤她的小艇,急待启程。
海洋蔚蓝,微风闪烁。
闪亮的波浪很快就接替了她的角色。
推搡着她,水花四溅。她的船帆松弛,
索具悬挂,等待人们抓住
伴随着号子,随心所欲把它们拉紧。

23

在大码头的边缘,库勒先生伫立,
他身边是他的女儿,年轻的克莉丝汀。
马克斯·布鲁克也在,手里握着帽子,
向他们两人鞠躬致敬。双桅船
因长久的延误而不耐烦地弹跳,
嬉戏,腾跃,离岸有一缆的距离。
一艘重载的单桅船正向码头卸货
圆圆的黄色奶酪,像金色的炮弹
在石头上堆成金字塔状。再一次
库勒亲吻了克莉丝汀,然后登船离去。

24

克莉丝汀呆立着,像一块冻僵的石头,
她的双手绞扭着,因努力克制而苍白。
马克斯走到一边,让她一个人独处,
因为悲伤总要索取它每一分的代价。
小船在舞蹈,在闪光的大海上颠簸。
燃烧的光中,一条阳光大道把它吞没,
然后,缩成一只海扇壳,然后
它又来到了对面。现在,在下风处
它抵达了幸运角号。极目望去
能看见它被吊上船,水手们在拉动吊索。

25

然后,在渴望出发的双桅船上,
沿着纤细的桅杆,船帆飞扬,
绷紧帆布,盘好绳索。湿漉漉的锚
闪着光芒,沉重地,泼溅着水花,
被拉升到甲板上。克莉丝汀和马克斯,
在拥挤的码头,看到了这一切。
他们看见船帆变白,然后在阴影中变蓝,

船只转向,被一阵强风抓住
几乎察觉不到地滑行而去,
渐行渐远,似乎要消失在明亮的天空中。

26

穿过空旷的街道,马克斯带克莉丝汀回家,
她隐藏起自己的悲哀,不让他看见。
在紧紧嵌在花园墙壁之间的铁门前,
他停下脚步。她吃惊地问道:
"那么您就不进去了,布鲁克先生?
我父亲曾对我提及你的谦恭风度。
现在,既然我由您照管,我理应
以少女应有的礼节来招待您,
也不违反那些不可打破的规矩。
卡特里娜会准备咖啡,她今天还烤了点心。"

27

她径直推开满是鲜花的高大门扇。
绿叶和玫瑰,蔓延的卷须,

缠绕成圆锥状,重重叠叠,
这铁门卫护着庭院,它僵硬的骨架上
结满了蓓蕾,觊觎着它所保护的
成排的花坛、花床和凉亭。
这美景,这闪耀的五光十色
让马克斯惊叹。庭院两端各有一条
宽宽的路,铺着细腻的红色沙砾,
到处都是华丽的郁金香在竞相招摇!

28

从一边到另一边,每条路的中途
有一条更长的小径将空间一分为二。
而且,像某个魔法师在闪光的绿色中
开凿出的隧道,一条长廊延伸开去,
浓密交织,被苹果树围墙包裹;
苹果花熏香了花园,当秋天降临
沉甸甸丰满的苹果拥挤在枝头
拍打着藤架。那时,卡特里娜夫人
就会把它们摇落,如同盛怒的阵雨
投身大地,然后化作甜蜜的食物。

29

在四周环绕的高墙上,爬满了葡萄藤,
牢牢攀附着,从滚热的砖墙上感受着
太阳的烘烤。细小的葡萄粒
半掩在锯齿状的绿叶后面。
一棵老樱桃树,在门前摇动它的枝条。
沿着围墙边,在成排的花床中间,
在空气中摇曳、闪耀、起伏着的
是整个花园的骄傲,有比马克斯梦见
或见过的还要多的郁金香,十分拥挤
成群结队地舞蹈。马克斯无助地伫立凝视。

30

"布鲁克先生,请在凉亭里稍候,
我会把咖啡、点心、一支烟斗,
还有我父亲最好的烟草拿来,来自
最早迎接黎明脚步的国度。"带着少女
取悦客人的热情,她飞奔而去。片刻之后
她重新出现,身后跟着她的老保姆。
然后,坐在长椅上,她一边说话

一边飞快地编织,仿佛隐藏着的
高贵的幻想,一瞬间迎风绽开,
急于振翅向前,离开寂静的过去。

31

在他们头顶上,小小的苹果树叶
投下颤抖的阳光。宁静,凉爽,
他们坐在开花的枝条下面。远处,
郁金香花床在闪耀,仿佛是通往
彩虹的门廊和前厅。棱镜般
折射出的丰富色彩:洋红、深红、靛蓝
使暗褐色变得带紫。银色发红
转为紫水晶,又染上金色。猩红色的
圆眼斑点,点缀着柔和的藏红花色调。
紫罗兰陷在黑色里,红色在橙色里碾碎。

32

每种图案,每种色彩,应有尽有。
有珍珠光泽的、虹彩的、杂色的,有格纹的。

有些是最纯的硫磺色,其他的

有象牙白,带着铜色的斑点。

撒点的,缀着流苏,或者锋利的边缘。

条纹的,带粉的,有雀斑的,或长或短的。

它们开放,似乎是刚会飞的奇异的蛾子,

从光谱与火焰的结合中诞生。

凉亭下的阴影形成一个港湾,疲惫的眼睛

在它安宁和绿色的微光中得以休憩。

33

她的织针咔嗒作响,克莉丝汀说着话,

这个女孩不知不觉已经发育成女人,

第一次独自在家。曾经耽搁的梦

如今找到了表达。马克斯觉得她非常美丽。

她帽子下的饰物闪耀着金光,

系纯金所造。库勒富有而细心

对她关怀备至的老处女姨妈

已经去世。现在,变得大胆了一些,

她问马克斯是否有姐妹?因为直率

而失手掉了一针。然后她停下,轻轻叹息。

34

两年,好漫长!她非常爱她的父亲,
可她并不担忧。他一直在航海
或即将出航。她不必沉湎于
悲哀的念头,他这样告诉过她,看见她
分别时的微笑。可是她又叹息了一声。
两年,好漫长:现在还不到一小时!
她根本不愿意见到格鲁特沃先生。
是的,是的,她知道,但在约定的日期之前,
幸运角号双桅船将会如期靠岸。
当马克斯道别时,她站在门内目送他离开。

35

第二天和第三天,马克斯去询问
库勒小姐的健康状况,并得知:
郁金香又吹落了一朵,一个大任务
是收集大风撒落一地的花瓣;
地板打蜡了,有图案的瓷砖仔细清洗过,
橡木椅子极其巧妙地涂上油。

这就是克莉丝汀的世界,而他的世界就是她。
冬天临近,她的微笑就是他的太阳。
又一个春天来临,他继续忙于法务工作,
未说出口的希望引导以明治的效率行事。

36

马克斯·布鲁克是荣誉的化身,他知道
自己是这个少女的守护者;不多不少。
正如一个人负责守护架子上的金几尼
钱币就散放在瓷茶壶中,他会承认
自己的需要,但在朋友回来之前
绝不会擅自取用。马克斯就是这样,
为了荣誉,对爱情或婚姻只字不提;
只是撕去他日历上的日子。终点
一定会到来!第二年,拖着铅块般的双脚
缓慢地过去,直到春天鼓胀了柳树的嫩枝。

37

两年的时光使克莉丝汀成了一个女子,

端庄优雅,带着一点合宜的骄傲。
可她所有的童年幻想都没有消失,
她的思想似乎滑翔在美丽的梦幻中。
马克斯是她信赖的朋友,她是否承认
幸福更近了?马克斯无法言明。
两年过去,他发现自己的生活
完美无缺。在焦急不安的渴望中
他等待着幸运号角的踪影。
他信守了诺言,没有打一丝的折扣。

38

春天悄悄变成了夏天。望远镜中
依然没有双桅船的帆影。这时,格鲁特沃
来逼迫库勒小姐了。他的冒犯
是合法的,因为他已赢得了游戏。
克莉丝汀恳求再容些日子!仲夏过去了,
格鲁特沃变得不耐烦。船还是迟迟未到。
遭到背叛的克莉丝汀疲惫不堪,陷入了
可怕的恐慌。一天,她疯狂地派人去找马克斯。
"快来,"她的字条上写道,"我跳过最大的不幸,
留待我们见面时再说。世界一片空白。"

39

穿过下午晚些时候长长的光线
马克斯去找她。在绿叶编织的长廊,
他很快发现了她,正迷失在痛苦的沉思中。
他坐在她身边,以他所有的秘密
为代价,他说:"亲爱的,什么事
发生得这么突然?"然后,流着泪,
她说第二天早晨,那个格鲁特沃,
就要来迎娶她,她瑟瑟发抖:
"我宁可去死,死都没有这个可怕。"
马克斯感到他誓言的枷锁已然脱落。

40

"我最亲爱的,我心中隐藏的欢乐!
我爱你,啊!你一定已经知道了。
我一直以最严谨的荣誉行使我的角色;
但是所有这些不幸已经打消了
我的顾虑。如果你爱我,就嫁给我吧,
趁着太阳还没有落到树林后面。
你不能嫁两次,受挫的格鲁特沃,

只能咽下他的怒火。我的责任就是
偿还你父亲的债务,一步步偿还,
尽我所能,多年来我一直为此而努力工作。

41

这不是仓促决定,克莉丝汀,很久以来
我就知道我爱你,沉默压迫着我的嘴唇。
我崇拜你,用我在保守信约中显示的
全部力量。"他用恳求的指尖
触碰她的手臂。"克莉丝汀!亲爱的!想想。
我们不要拿未来去冒险。亲爱的,说话啊,
我爱你。是我现在的话过于仓促了吗?
它们在我嘴边被禁锢了这么久。"
她安静地坐着,身体松弛而无力。
随后,她融入他的怀抱,整个灵魂随之流淌。

42

他们结合了,西沉的落日
还没有消失在花园树木的后面。

黄昏把祝福向他们倾注,

那只在夜晚才吐露的花香,

从发光的地面升起,围绕着他们,

被安静的月亮蒙上银色和阴影。

在凉亭内,他们拥抱着,久久相依,

沉醉在狂喜的甜蜜中,他们

彼此亲密无间,想着不久之后,

远在夜晚迎来黎明之前,交织在一起。

43

终于,马克斯开口道:"今夜属于我们,

亲爱的,我们一起看着它在晨光中消退,

将我们的灵魂展开,像盛开的鲜花

直到我们的生命,穿过颤抖的身体,

混合,交融。然后,当疲倦袭来,

我们将合上眼睛,不受打扰地安歇。

为了达成那渴望的一刻,我现在要离开你。

将这一天的成就推向顶峰,

去告诉格鲁特沃,他的追求是徒劳的,

他的阴谋已经遭到了致命的打击。"

44

但是克莉丝汀抽泣着紧紧抓住他,
以爱情的名义恳求他不要离开。
她的双臂抱住他的膝盖和大腿,
当他站起身,因为恐惧,因为想起
格鲁特沃的名字,寂静和黑夜,
她浑身颤抖。悲叹着呻吟着
恳求他留下。她害怕,她不知道为什么,
只是极度恐惧。她仿佛是一个痛苦的圣徒
被幻象折磨。马克斯·布鲁克用智慧
安抚她的恐慌,然后走到凉爽的夜空下。

45

但在门口,她再次紧紧地抱住他,
在他的唇上再次平息自己心中的恐惧。
"我的爱人,为什么这么害怕?我预计
只离开一个小时!黄昏在悄然流逝,
这差事必须完成。""马克斯!马克斯!
先是我父亲走了,如果现在再失去你!"
她抓住他,仿佛溺水一般地惊恐。

他轻声地笑了:"借着月光穿过小镇
不过一个小时!那不是犯规攻击人的地方。
亲爱的,放心吧,舒展你的愁容。

46

一小时,亲爱的,然后,就不再有孤单。
我们将作为夫妻迎接新的一天。
我去去就来,几乎像从未离开一样,
午夜将为我们的生活涂抹圣油、加冕。"
然后他穿过大门走了出去。沿着街道
她望着他的纽扣在月色中闪耀。
他停下来,挥挥手,绕过花园的围墙。
她径直瘫倒在生满苔藓的座椅上。
她的感官,被一阵眩晕的迷雾包围,
在它阴暗的笼罩中摇晃,失去知觉。

47

马克斯轻快地走在静谧的运河旁。
他的脚步坚定。他一点也不害怕
这次会面,也不怕格鲁特沃

因为阴谋遭到破坏而向他喷出怨毒。

他不怕任何人,因为他能够保护克莉丝汀。

他的妻子!他停下脚步,放声大笑。

他贫困的生活并没有给他带来多少欢乐。

要拒绝与她共度的这一小时

也让他感到极度挣扎。他的心狂跳。

"去他的格鲁特沃,谁能强迫我在这种事上浪费时间!"

48

他又笑了起来。多么孩子气的失控

竟如此激动。他摸了摸嘀嗒作响的怀表。

再过半小时,格鲁特沃就会知道一切。

然后他会回来,拨开他自家的门闩,

急切地把克莉斯汀抱在怀里

把她紧压在唇上。怎么能忍受拖延?

他开始奔跑起来。前方,一束烛光

给鹅卵石的街道镶上了条纹。

那是希尔沃丁克的酒馆!有很多天

他没有去了,坐在他习惯的老座位上。

49

"哎,马克斯!停下,马克斯!"他的老伙伴们
一窝蜂跑出来。"马克斯,你去哪儿了?
也不和我们喝酒?你确实为我们服务得很好!
有多少个月我们没在这儿看见你了?
詹,詹,你这慢吞吞迟钝的老山羊!
布鲁克先生终于又回来了,
动动你的老骨头迎接他。呸,马克斯。
生意!先放放吧!把你的喉咙灌满;
这里有啤酒和白兰地。伙计们,快抓住他。
放下你的手杖,亲爱的。打得可真凶!"

50

他们把他按在座位上,让他动弹不得,
不顾他的愤怒,把难以忍受的笑话
互相传递。弗朗兹小心翼翼倒满了
一大杯威士忌。"来吧,伙计
我们特意为你新开了一桶,喝吧!
嘘!嘘!听他说!结婚了!谁,什么时候?
结婚了,还出来做生意。聪明的小伙子!

哪个谎言最像真的？来吧，马克斯，好好想想。"
怒不可遏，马克斯和这些人扭打在一起，
咒骂着这群非得拿他取乐的狂欢者。

51

强迫自己镇定下来，他努力压住喧闹，
告诉他们，他对自己的生活和处境
发起了怎样的挑战。他含蓄地说明
事情的紧要之处，时间实在不可浪费。
带着戏谑的心情，他的伙伴们听完他的故事，
发出一片嘲弄声。他感觉自己越发愤怒，
爆发出来——"懦夫们！没有人不愿意
嘲笑责任——"这时，他们叫来麦芽酒，
把一支烟斗硬塞在他手里。他咒骂着
把烟斗摔在泥土地板上，摔得粉碎。

52

他的暴怒让众人稍微清醒了一点，
店主人也恳求他们保持安静，

不要损害他的好名声,"马克斯,无意冒犯,"
他们脱口说道,"如果愿意你现在就可以走。"
"等等,马克斯,"弗朗兹说。"我们太过分了。
我请求你原谅我们愚蠢的玩笑。
它源自你来之前我们打的一个赌。
话题不知怎么扯到了毒品,一罐
我从中国带回来的草药,当地人常抽,
就在我身边,我认为这只是玩个游戏。

53

它的特点是引发吸食者沉睡
睡梦中充满冒险,和时间的飞逝
快得令人难以置信。深深地
陷入酣眠,壮观瑰丽的想象
取悦着感官,或者某个可怕的噩梦
把他们纠缠。梦中过去了数年
钟表上却只是几秒。我们一致同意
由下一个来的人验证这个计划;
而那个人就是你。詹把那罐子递给了你。
你吸了两口!然后烟斗碎了,你才解脱。"

54

"这是谎言,一个该死的、恶魔的谎言!"
马克斯现在已经疯狂了。"这是你们这些
糊涂蛋的又一个玩笑。我不知道为什么
我会成为你们的笑柄。我要求你们
选出一个人出来,为你们
这种最不合时宜的玩闹负责。晚安!
再见——各位先生。你们会听到我的消息。"
可是就在门口,弗朗兹把他拦住,
"这不是谎言,马克斯·布鲁克,你的困境
要归咎于我。回来,我们来安静地谈谈。

55

你根本没事,就是为这个我们才笑,
因为你几分钟前还什么事都没有。
至于你的婚事,我们自然是开玩笑,
我们知道在这个慢吞吞的世界中
需要多长时间才能完成那么简单的事。
真的,马克斯,这是一个梦。原谅我吧。

如果你愿意，我会把那毒品烧掉。"
但布鲁克嘀咕着，眼神呆滞，"谎言。"
他发狂地对弗朗兹说道，"证明它。
证明了我才相信。这件事由你来做。

56

我只给你一周时间，证明你的说法。
1814年8月31日，我要你的证据。"
满脸疑惑，弗朗兹叫道：
"还有一周才到8月，现在是1814年吗？
你疯了吧，现在可是4月。
而且是1812年的4月。"马克斯踉跄着，
抓住一把椅子——"两年前的4月！
真的？是你疯了，还是我疯了。我不知道
我们谁会错成这样。"希尔沃丁克拿来
《阿姆斯特丹公报》，马克斯被迫读了起来。

57

最醒目的大字印着"1812年"；

下面紧接着是"4月21日"。
字母混乱而模糊,但他拼尽全力
强迫自己面对最为糟糕的现实,
他读了出来,一阵恐惧翻腾着
涌入他震颤的脑海。像一片喧腾的海浪
预示着海难,这样的信息清晰涌现:
"这是两年前!那克莉丝汀怎么样了?"
他逃出地下酒馆,在巨大的苦恼中奔跑
他要赶在命运之前,拯救他神圣的爱人。

58

黑暗无光的建筑回响着他的脚步声
他奔跑着,脚步拍击着人行道。
穿过月色迷蒙的广场,他的步伐急促
仿佛恐惧生了翅膀。他的心脏开始
为这速度而狂跳。然而,仍然没有迹象,
没有一片叶子对着天空扑闪。
这应该是花园的围墙,转过拐角,
就是那扇旧门。可这里没有均匀的线条!
没有围墙!随后,一声恐怖的尖叫
打破了寂静。两座僵硬的房子占满了地面。

59

它们肩并肩伫立,像列队的骑兵,
马克斯认出了这些房子,它们分别
位于库勒花园的左右两侧。僵硬的屋脊
紧挨着冻僵的屋脊。没有古老的
镀金铁艺那柔和的色调,起伏着
扩展成硕大的圆圈和宽阔的弧线,
花园大门弯曲的铁栅也不见了踪影。
那些房子紧挨着,中间没有空隙。
马克斯眼神呆滞地望着,神经颤抖。
然后,他恐惧得发狂,飞快逃离了那个地方

60

跟跄着,喘息着,他奔跑,不停地奔跑。
他流着口水的嘴唇只能喊出:"克莉丝汀!
我的最爱!我的妻子!你去了哪里?
我们的过去是什么样的未来?
是什么阴郁嘲讽的魔鬼的玩笑
让我们在一团烟雾中生活了两年?
它不是梦,我发誓!在某颗星星上,

或者仍囚禁在时间的蛋壳中，你给了我爱情。
我能感觉到它。最亲爱的人，这一击
永远不能把我们分开，我会找到你所在的地方。"

61

他灼热的眼球凝视着黑暗。
月亮早已沉落。而他仍在哭喊：
"克莉丝汀！我的爱人！克莉丝汀！"
突然，一道火花刺穿了阴暗，不久后
马克斯用他迷乱的眼神瞥见了它，
心烦意乱的他几乎不敢相信这是真的，
一扇格子窗透出深红色的光芒
点缀着黑暗，一根钉子上悬挂着
一只铁鹤、三颗镀金的球。他早就知道
它们的含义，现在它们逼近了他的梦想。

62

他轻轻敲了敲窗框，窗户大开，
一个沙哑的声音问他所来何事。

门开了,马克斯走了进去。

他看见一个灰胡子的犹太人

把蜡烛举在头顶的空中。

"西蒙·艾萨克斯,先生,能为您效劳吗?"

"是的,我想你可以。你这里有武器吗?

我需要一把手枪。"老人的脸色顿时变得铁青。

"先生,一把手枪!请让我来劝您

放弃你的念头。生活常常带来虚惊——"

63

"安静,好心的老艾萨克斯,为什么

你推断我有致命的念头呢。说实话

我比别人更受祝福。你这里似乎

有很多排手枪。这个,我喜欢

这把鲨鱼皮的枪套。银色的装饰

正合我口味。这些字母 C. D. L.

是前任主人的名字吗?死了?可怜的亡灵!

它现在要为我服务了——"匆忙地

他数出弗罗林,放在桌上。"那么,

晚安吧,为你明天的祝酒词祝我好运。"

64

他再次匆忙奔进黑夜,现在
他脸色苍白,脚步急促;他的目标
远在镇外。然后他开始奇怪,可怜的 C. D. L.
是怎么死的。"也许,我买的这把枪,
已经习惯了杀戮,它会准时地
完成工作。"悲哀充斥着他的感官,
排除了其他一切。他又开始哭泣,呼唤,
与这沉重的旅程盲目地搏斗着。
"克莉丝汀。我很好。我来了。
我的妻子!"他脚步蹒跚,脉搏衰竭。

65

沿着堤坝,刮着一阵阵寒风,
草叶弯曲,随着风声悲叹。
整夜,须德海在低声歌唱
将长长的、隐秘的手指向上伸去
压碎了那些困惑呻吟着的岩石。
手臂大张的风车仿佛绞架一般。
远处的村庄里灯火黯然无光。

马克斯脱下外套。半梦半醒地低语着,
"克莉丝汀!"一声枪响撕裂了微风。
寒星闪烁,映照在他渐渐冷却的尸身上。

听完巴托克的一首华尔兹之后

可我为什么杀了他？为什么？为什么？
在楼梯旁那间镀金的小小房间？
我的耳朵因他的哭喊而痛苦抽搐。
他的眼睛在头发下鼓出来，
当我的手指掐入他喉咙
美丽洁白的白皮肤。是我！

我杀了他！我的上帝！难道你没听见？
我摇晃他，直到他红色的舌头
拍打着，从他黑色、奇怪、肿胀的
嘴唇中耷拉下来。我的指甲
划开皮肤，抽出鲜血，当我恐惧地
抛开那松软、沉重的尸首。

唯恐他还没有完全死透
我陶醉于他求生的欲望。

血珠从他脑袋里慢慢渗出
弄脏了椅子。我们的搏斗
持续了短短的片刻,他的刀
躺在地上,在头顶照下的灯光中闪烁。

我听到华尔兹从舞厅里传来,
当我骂他是卑鄙的、偷偷摸摸的杂种。
小提琴的哀鸣叹,用我对她的幻象
激起了我残忍的愤怒。
当我掐住他的气管时,他的喘息声
咕噜咕噜,和华尔兹混在一起。

我在黑暗中骑行了十英里,
那音乐,地狱般的喧闹,
我体内有节奏在重重地敲击。听!
一!二!三!我的手指沉入
他的肉体,当小提琴
充满激情地尖叫,变得凄凉。

一!二!三!哦,这恐怖的声音!
当她跳舞时,我正掐碎他的喉咙。
他尝过了她的欢乐,围绕

她的身体,我听到他为这恩宠
而心满意足。那一刻,我猛然出手。
一!二!三!舞者们在怎样旋转!

他就在这房间里,在我怀中,
他无力的肢体随着华尔兹旋转
我们正在跳舞,密集的血珠
把我们围在圆圈之内!
一圈又一圈!一!二!三!他的罪
红得像他耷拉着的温暖的舌头。

一!二!三!鼓声是他的丧钟。
他的身体沉重,他的脚敲打着地板
当我在华尔兹的浪潮中
拖曳着他。随着一阵威胁的咆哮
喇叭声破门而入。
一!二!三!他的丧钟敲响。

一!二!三!在这混乱的空间中
地球向死亡可怕的狂欢
滚去!这地方如此狭窄,
我窒息着,喘不过气。一!二!三!

一圈又一圈！上帝！是他在掐着我！
他的脸盖住了我的嘴！

他的血滴进了我的心脏！
而我的心脏在费力地跳动。一！二！
三！他死亡的四肢如同触手
缠绕我身体的每一部分。华尔兹的喧响
刺穿我的耳鼓。像胶水一样
他的死尸面对面把我拥抱。

一！二！三！给我空气！哦！我的上帝！
一！二！三！我沉溺在黏液中！
一！二！三！他的尸体，如同泥块，
把我敲打成果冻！钟声响起，
一！二！三！他的死腿和着节奏舞动。
空气！给我空气！空气！我的上帝！

晴朗,微风不定

喷泉弯曲又挺直
在夜风中,
像一朵花吹拂。
它反着光,闪烁着,
一朵高高的白色百合,
在金色月亮的目光下。
一条石椅上,
一棵盛开的酸橙树下,
一个男人望着它。
水花潺潺
拍打着他脚边朦胧的草地。

喷泉抛掷着水流,
不断升起,如同银色的弹珠。
他看到的可是一条手臂?
片刻间

他捕捉住的,可是一条大腿
移动的曲线?
喷泉汩汩作响,水花飞溅,
他的脸上湿了。

他听见的可是歌声?
一首关于玩球的歌?
月光照耀着笔直的水柱,
透过它,他看见一个女子,
抛洒着水球。
她的乳房高耸,
乳头像牡丹花蕾。
当她嬉戏时,腰肢荡漾出涟漪,
水的起伏
也比不过她肢体的线条。

"来吧,"她唱道,"诗人!
难道我不比你白天的女士更值得,
那些裹着笨拙的衣服,
不真实,也不美丽的女士?
你害怕什么,不敢接受我?
夜晚不正是属于诗人的吗?

我是你的梦,
像水一样循环往复,
装饰着月光!"

她走向水池边
水从她的身体两侧潺潺而下。
她伸出双臂,
喷泉在她身后流动
像一层敞开的面纱。

早晨,园丁们来干活。
"喷泉里有东西,"一个人说。
他们把死去的主人放在草地上
不由得颤抖起来。
"我要合上他的眼睛,"园丁主管说,
"看着死者盯着太阳,真让人不寒而栗。"

篮　子

I

墨水瓶里装满了墨水，蜡烛投出的光圈中
纸张洁白无瑕。黑暗的气流扫过
房间的各个角落，在他的椅子后面滚过。
空气是银子和珍珠，因为夜晚被月光照得通亮。

看，屋顶闪闪发光，像冰一样！

那边，一抹黄色切进了银蓝，旁边立着
两棵天竺葵，由于银蓝色的光线，今晚呈紫色。

看！她来了，那美发如云的年轻女子。
她走动时摇摆着一只篮子，把它放在窗台上，
两株天竺葵的花茎之间。他笑了，揉皱纸团
向前探身观看。"篮子盛满了月光"，

多好的一个书名!

鼓胀的云彩在屋顶上摇摆。

他已经忘记了房间里和天竺葵在一起的女人。
他敲着脑袋,耳鼓中脉搏沉重。她坐在窗台上,
篮子放在腿上。轻轻一敲!她砸开一颗坚果。
再敲!又一颗。敲!敲!敲!果壳弹飞到屋顶上,
落进了排水沟,弹过沟沿,消失不见了。

"好奇怪,"彼得想,"篮子肯定是空的。
坚果怎么能从空气里冒出来呢?"

银蓝的月光使天竺葵发紫,屋顶闪耀
像冰一样。

II

五点钟。天竺葵在深红色花丛显得格外欢快。
鼓胀的云彩在屋顶上摇摆,彼得从屋顶上走过
想用一个假日回报他早晨的工作。

"安妮特,是我。你完了吗?我能进来吗?"

彼得从窗户跳了进来。

"亲爱的,你是一个人吗?"

"看,彼得,圣幕的圆顶已经完成。这根金线缝得太高了,幸好现在是早晨,否则星空就会见到我破产了。坐下,现在告诉我,你的故事进展顺利吗?"

金色圆顶在落日的橘黄中闪耀。墙上,不间断地挂着祭坛台布、十字褡、法衣和披肩,还有棺材罩。全都因为丰富的刺绣而变得僵硬,缝制水平极高,似乎纺织而成的宝石,或者枝条上刚刚绽放的花蕾。

安妮特注视着天竺葵,衬着蓝天显得格外红艳。

"无论我怎样努力,我都找不到这么红的线。相比之下,我流血的心滴下的只是污秽。唉!看看我的小斑鸠?我爱上了自己的神殿。

只是那光环不对。颜色太浓,或不够浓。我不知道。

我的眼睛累了。哦,彼得,别这么粗鲁;它很珍贵。

我再也不做了。我保证。你真专横,亲爱的,够了。

现在坐下,趁我休息,逗我开心。"

天竺葵的影子悄悄爬过地板,开始爬上对面的墙。

彼得望着她,疲惫使她柔软,漂浮,流淌,
在橘色的闪光中起伏。他的感官向她流去,
她躺在那里,做着梦。仿佛沉溺在金色的光环中。

天竺葵刺鼻的气息让人难以忍受。

他推推她的膝盖,用嘴唇摩擦她无力的手。
他的嘴唇灼热而无言。他颤抖着向她求爱,
房间里充满了阴影,因为太阳已经落山。
她只懂得怎样在精密布料中穿针引线,

颜色的互相碰撞。她不明白这是一样的,
她抱怨地喃喃叫着他的名字。

"彼得,我不想要。我累了。"

他,这不受欢迎的人,燃烧着,被激情吞噬。

天边一轮新月高挂。

III

"现在回家吧,彼得。今晚是满月。我必须独处。"

"这么快又是满月了!安妮特,让我留下吧。真的,亲爱的,
我不走。我的上帝,你让我受尽折磨!
你在所有门上都写着'禁止入内'。亲爱的,这不奇怪吗?
你明明爱我,却处处拒我于门外。婚姻会让你盲目,
还是你厌恶束缚,如果我让你自由,为什么还要拒绝?

我爱的权利？你想拥有我的全部，
你从我这里获取灵感来让你休息，却不给我一次回应的心跳。
啊，原谅我，亲爱的！我在为爱受苦，你知道。
我不能仅靠当诗人维持我的生命。让我留下吧。"

"随你的意，可怜的彼得，可你留下来会让我受伤。
这会压碎你的心，榨干你的爱。"

他粗声回答："我知道我要做什么。"

"从今晚起只需记住一件事。我的工作很繁重，
我必须保有视力！我必须！"

清澈的月亮从天竺葵之间投下目光。
墙上，男人的影子与女人的影子
被一根银线隔开。

那些是眼睛，数百只眼睛，圆得像弹珠！一眨不眨，
因为没有眼皮。蓝色、黑色、灰色和淡褐色的眼珠，

包裹在眼白中,在月光下发出火花。篮子里
堆满人类的眼睛。她砸掉眼白,随手扔掉。
它们在屋顶上弹跳,落到排水沟中,
跳过沟沿,消失不见。但她依然安静地
坐在窗台上,吃着人类的眼睛。

银蓝的月光使天竺葵发紫,屋顶闪耀
像冰一样。

IV

床单好烫!他的皮肤像被针刺般折磨,
一只眼睛盯着他,始终不动。它用血照亮了天空,
滴着血。血滴在他赤裸的皮肤上咝咝作响,他闻到
它们燃烧的气味,在他的身体上烙下"安妮特"
的名字。

现在他窗外的天空一片血红。是血还是火?
仁慈的上帝!火!他的心在抽搐,狂跳,"安
妮特"!

屋顶的铅片灼热,他弹跳到屋顶边缘,

翻了过去,消失不见。

鼓胀的云彩鲜红,在屋顶上摇摆。

V

空气是银子和珍珠,因为夜晚被月光照得通亮。
废墟闪闪发光,像一座冰宫!只有两个黑洞
吞噬着月亮的光辉。被玷污的窗户,没有眼球的
眼眶。

一个男人站在房子前。他看见银蓝的月光,
映衬着他头顶上,凝视和闪烁着的天竺葵红色的
眼睛。

安妮特!

在城堡里

I

雾悬挂在打着呵欠的烟囱上。滴答——嘶嘶——滴答——嘶嘶——

雨滴落在燃烧的橡木上,蒸汽和烟雾,

熏着屋梁。滴答——嘶嘶——雨下个不停。

宽大的龙床在天鹅绒床罩下颤动。上面,烟雾朦胧,

一顶失去光泽的冠冕沉闷地闪光。雨水

噼啪敲打着屋顶。风在远处的走廊里惊恐哀号,

从地板上卷起灯芯草,发出嗖嗖声和叹息声。

墙上的挂毯被吹得偏离墙面,然后又落回原处。

这是我夫人的钥匙,他小心翼翼地低声耳语道。

他在风的呜咽声中进来,风吹得蜡烛几乎摇摇

欲坠。

火焰扑闪，坠落。滴答——嘶嘶——雨下个不停。

他关上门。灯芯草再次落到地板上，静止下来。
外面，风在继续哀号。

宽大龙床上的天鹅绒床罩光滑而冰冷。上面，
火光中，褪色的金冠闪着微光。骑士颤抖着
披着他的皮大衣，把手伸向逐渐熄灭的火苗。
她总是那样，一个卖弄风情的女子。他会等她。

木头在嘶嘶作响，滴滴答答长！她的唇该是多么
温暖而令人满足！

龙床宽敞而冰冷；但当她的头枕在冠冕下，
她水汪汪的眼里满是爱意，当她伸出双臂，
天鹅绒床罩一半从她身上滑落，惊动了
她颤抖的矜持，他会多么急切扑过去，
把自己和她掩藏在被子下面，让她笑出声来，颤
抖不已。

把一位女士从她中风的丈夫手里解放出来，难道

有罪吗?

那丈夫远在战场,令人深恶痛绝。

他动了动脚,用靴子跟踢一块滚动的煤。他的马刺
在壁炉边叮当作响。雨水噼啪地敲打着屋顶。她如此纯洁
而完整。只是因为她的灵魂属于他,她才会委身于他,
因为在灵魂所归的地方,必须献出身体作为象征。

他以唯一爱人的神圣权力占有了她。发誓和她的丈夫决斗,
然后与她成婚。如果他战败,她会泯灭对他的崇拜,
被遗弃,却因她伟大的爱而获得赦免。

上方,冠冕在黑暗中闪烁。滴答——嘶嘶——雨滴坠落。

挂毯被吹离墙壁,远处的大厅一扇门砰然作响。

蜡烛燃尽了。护城河在大风中激起浪花。
夫人会失去勇气,不来了?

雨拍打着松动的椽子。那是笑声吗?

房间里充满了模糊的低语。什么东西在咕哝着。
一支蜡烛熄灭,另一支即将熄灭。
那是雨在噼啪作响,还是风穿过蜿蜒的走廊
喋喋不休?

豪华的龙床非常寒冷,他独自一人。挂毯
被吹得离开墙壁有多远!

基督的死亡!发出轻笑声的不是风暴。
凭神圣耶稣的伤痕起誓,那是他亲爱的夫人,亲吻
和拥抱着什么人!透过呜咽的风暴,他听到她的爱
形成语言,飞出,刺入他的耳朵,震晕了他的
欲望,
那欲望躺在他心里,僵硬死寂,像冻僵的火。
而那微小的声音从未中断。

滴答——嘶嘶——雨滴坠落。

他扯下挂毯,面前是内室上闩的门。

II

华丽的龙床在潮湿的黎明颤抖。滴答——嘶嘶——雨滴坠落。
因为风暴从未停息。

天鹅绒床罩上躺着两具尸体,白皙,暴露在冰冷灰暗的
空气中。滴答——嘶嘶——血滴坠落,因为血流个不停。
尸体静静地躺着。床的两侧,地板上各有一颗人头。
一边是男人的头,一边是女人的头,鲜红的血
沿着灯芯草垫子渗透。

一个纸卷小心地缠在死去男人的发绺中。
上面写着,"我的领主:你妻子的情夫
已为这份奢侈的恩宠付出了生命。"

女士的银色发箍中缠着另一个纸卷。写着,
"最尊贵的领主:你妻子的罪行就像一串双股的
珠链。但是我已保证,你回来的时候,

她将在此欢迎你。她不会像以前那样拒绝你的爱,
你仍然拥有她最好的部分。鲜红的血液,白皙的身体,
它们将在此供你消遣。她的灵魂是一堆污秽,
我已用剑帮你摆脱了它。祝你享用愉快。
她会非常柔顺,我的朋友,我保证。"
最后是一摊飞溅的墨迹。

听!走廊里传来盔甲的叮当和一个男人沉重的脚步声。
门突然被撞开,他站在那里,稀疏的头发
在钢铁般的阳光中飘动,是克莱尔领主。

雾悬挂在打着呵欠的烟囱上。滴答——嘶嘶——滴答——嘶嘶——
雨滴坠落。从未停止的雨噼啪敲打着屋顶。

天鹅绒床罩潮湿一片,但屋梁依然紧密无缝。
头顶上,冠冕在发黑的金色中闪烁,忽明忽暗。
灯芯草中,三具尸体逐渐变冷。

III

在城堡的教堂里,你可以看见,
两座豪华的坟墓分布在唱诗班的两侧,
那是领主和夫人的墓,壮观精美
装饰着金银丝细工。在教堂的耳堂,
静卧着一个从圣地归来的十字军骑士,
交叉着双腿,佩戴着刺绣的腰带。
那侍从的名字成了耻辱的烙印。
在依照王命处以火刑之后,
被埋在飘荡的流沙中。

克洛蒂尔德修女的时辰祈祷书

女修道院的塔上,钟在摇晃。
头顶上,辉煌的太阳高高悬挂,
天空弯曲的肚脐。
空气一片清澈湛蓝。
　　燕子飞掠,
　　一只雄鸡啼鸣。

铁钟的叮当声消散在清风中,
被风吹拂的树枝瑟瑟作声。
斑驳的绿色一闪,一条蛇钻进
雪花莲闪光的花床
　　在新绿初绽中,
　　它们白色的花钟分开。

两两成对,结成长长的棕色队列,
修女们在散步,呼吸四月

清新的空气。她们很快就要回去
整个下午忙于工作。
 　　但这个时刻属于她们!
 　　她们两两而行。

率先而来的是院长,全神贯注
步履缓慢,像一个经常受到考验的女人,
控制住脾气。然后是最长老的修女。
再然后一个比一个年轻,直到最后一个
 　　唇边挂着微笑,
 　　几乎是在蹦跳着走。

她们走在蜿蜒的碎石小径
长长的队列都在低声交谈。
她们的步伐合着钟声的节拍,
几乎没有影子。太阳正好
 　　悬挂在中天
 　　银色的穹顶。

玛格丽特修女说:"梨树就要发芽了。"
安吉莉科修女说她必须拿铲子
松松茉莉花根部的土。

维罗妮克修女说:"啊,看那些嫩芽!
　　有一棵番红花开了,
　　　紫色的杯状花萼。"

可是克洛蒂尔德修女什么都没说,
她上下打量着那道古老的灰墙
看是否有蜥蜴在那里晒太阳。
她的目光望向花园的另一头
　　那里有一棵梧桐
　　　在花园的门旁。

尽管她的小脚在舞动,她却心神不宁
到非常不满意,因为碰巧
她早上的工作还萦绕在脑海
还没有成型。她还没有发现
　　那种美感
　　　用于圣母的裙装。

它应该是粉色的,还是缎子的蓝色?
也许应该是淡紫色,透着金色?
它应该配以黄色和白色的玫瑰,
还是像结霜的夜晚火花闪闪?

或者是某种绿色
　　　衬托着深红？

克洛蒂尔德的眼睛在整座花园
没有任何发现，没有一种颜色
如此可爱，如此奇妙
用起来不会显得亵渎。
　　　于是她继续走着，
　　　而其他修女在交谈。

伊丽莎白修女悄悄避开
她同伴要说的东西，
因为玛莎修女总是以小见大，
她称量每一颗谷粒，分毫都要记录。
　　　她做着简单的缝补
　　　也在厨房里工作。

"拉德冈德修女知道苹果不能保存太久，
我上个星期五已经告诉过她。
晚祷前我必须和她谈谈。"
她的话像灰尘在倾斜的阳光中飘浮。
　　　另一个修女叹了口气，

她的兴致已然消散。

突然，贝特修女叫了起来：
"雪花莲开了！"她们转过身去。
小小的白色花萼弯垂向地面，
在轻盈的花茎间蜿蜒着

  一条带冠的蛇，

   眼睛闪烁着清醒的光芒。

它的身体是绿色的，有金属的光泽
像一块翡翠镶嵌在白色中间，
蜷曲的蛇身上满是圆形斑点，
邪恶的朱红色星星，

  像新鲜滴血的伤口

  时而苍白，时而泛红。

它的冠子是闪烁蓝光的琥珀，
透明，阳光透过来。
它像一顶有火焰尖角的冠冕。
当它抖动全身的鳞片，

  每个缝隙

  都闪射出火花。

修女们紧紧挤在一起,恐惧
攫住了她们的感官。但克洛蒂尔德必须
更近地窥视这条美丽的蛇,
她似乎被迷住了,心中安然。她也能
    为圣母的裙装
    创造出如此罕见的颜色。

院长摆脱了恐惧,缓过神儿来。
"姊妹们,我们继续走吧,"她说。
侧身离开雪花莲的花床,
队列弯曲向前,院长走在前头。
    只有克洛蒂尔德
    最后一个服从。

当娱乐的时光过去
每个人都回去工作。
克洛蒂尔德独自坐在图书馆
朝北的大窗前,为她的时辰祈祷书
    编织一个
    精美的花环。

她把番红花小小的花朵
与雪花莲和水仙花搓在一起,
月桂树叶的阴影
与伯利恒之星交织,
  还有裂开的,
  色彩各异的贝母。

它们构成了她图画的外框,
半是喜悦,半是担忧。
在一个有菱形地砖的庭院里
圣母在守望,而穿过拱门
  天使降临
  如同一团跳跃的火焰。

他的翅膀浸在紫色的火中,
他的四肢被神圣的愿望拉紧。
他低头从拱门下穿过,
风似乎在奏响一首庄严的进行曲。
  圣母在等待
  睁大着眼睛。

她的脸庞宁静无邪,

因奇异的赞同而焕发美丽。
一条银线环绕她的头部,悬挂着
她的光轮。可是她的长袍位置上
　　那里的羊皮纸
　　仍未着色。

克洛蒂尔德耐心地描绘着花朵,
仔细斟酌每一种色彩和染料。
自从见到那奇异的、无法想象的绿色,
她愿意倾注巨大的心力,不辞辛劳。
　　如此陌生的色彩
　　似乎即将改变。

她凝视着,以为它已经改变了。
起初只是简单的绿色;然后
蒙上了扭曲的火焰,每一个斑点
都是一种融化的色彩,颤抖而灼热,
　　每只眼睛
　　似乎都在液化。

她有了一个计划,精神振奋。
毕竟,她只是瞥见过一眼

那条美妙的蛇,她必须知道
到底是什么色彩使这生灵投射出
  那些五彩缤纷的
  色斑和散光。

当晚祷唱完和说完,
修女们点燃了蜡烛,上床休息。
很快修道院里灯火皆无,
因为那天夜里月亮很晚才升起,
  只有神龛里
  还有灯光闪烁。

克洛蒂尔德静静躺在颤抖的床单中。
她的心跳震动着她的身体。
月亮升起之前她什么都看不见,
于是她低声祈祷,用眼睛
  盯着窗玻璃
  等待有光出现。

一根树枝微弱至极的影子
落在地板上。克洛蒂尔德变得坚定,
怀着庄严的目的,她悄悄起身

在成排熟睡的修女中间
　　轻轻走过。
　　几乎是在奔跑。

她必须从小侧门出去
以免一直在圣母祭坛前祈祷的修女
听见她经过。
她推开门闩，越过草坪
　　红色的满月
　　已经升起。

她的影子悄悄爬上修道院的围墙
当她迅速离开，整个花园
铺满了那缓缓升起的
巨大月亮的平静光芒。
　　沙砾闪耀着。
　　她停下，倾听。

夜色静谧，月光越发清澈。
她微微一笑，但是她感觉比以往
更加奇异。雪花莲花床到了
她俯下头去。

斑驳的地面上
　　　那条蛇蜷曲着。

克洛蒂尔德惊慌地停了片刻,
然后她挽起袖子,伸出手臂。
她以为听到了脚步声,她必须快点行动。
她猛地伸手,抓住了那条
　　　黏滑、扭动的身躯,
　　　刚好及时。

老园丁嘀咕着沿小径走来,
他的影子落下来,像一条又宽又黑的割痕,
盖住了克洛蒂尔德和那条愤怒的蛇。
它咬了她,那又有什么区别!
　　　圣母应该装扮上
　　　它的美丽。

园丁正在把他新栽的植物盖上
因为夜晚寒冷,什么都不能吓住
这热爱植物的人。他发觉
有件事要做,于是转过身来,
　　　闪耀的月光流泻

在克洛蒂尔德身上。

园丁干完了活,站起身来。
他摇了摇头,咒骂着,因为月光照出了
一个少女,她正抓着一条火舌般的蛇,
笑着,她的眼睛
　　　却在静静地流泪。
　　　他是在做梦吗?

他以为这是某种神圣的幻觉,
他拂开这个念头,果断地跳起来
——用手中的棍子击中了蛇,
打断了它的脊梁,然后焦急地,
　　　把她的手
　　　　一把抓住。

园丁把毒液吸洗出来,吐掉,
像一个惊慌失措的可怜的老人
诅咒着,祈祷着。
"无论是什么迷住了你,姊妹,
　　　这都是魔鬼孵化的
　　　　恶毒的阴谋。

这是那种恐怖的蛇怪
你在书上读到过。据说男人触到它
都有生命危险,但我猜想我已经
把毒液吸出来了。幸好
  我把它从你这儿扔了。
  你会没事儿的。"

"哦,不,弗朗索瓦,这美丽的生灵
是送给我的,给我这个
我们整个修道院最不配的修女,
让我能完成至高无上的
  神圣女王的画作
  她的绿色裙装。

它现在死了,可是它的色彩还没有
马上消褪,中午时我就能完成
圣母的长袍了。啊,弗朗索瓦,你看
月亮多么慈爱地照耀着我!
  我还不能死,
  这任务是命定的。"

"你现在不会死,我已经把毒吸出来了,"
老弗朗索瓦嘟囔着,"那就继续游戏吧。
如果圣母这么钟情于蛇的颜色——"
"弗朗索瓦,不要这样说,这是错的。"
  克洛蒂尔德表达着
  她的信念。他后悔不已。

"它再不能伤人了,姊妹,"他说,
"尽你喜欢的画吧。"他小心翼翼地
用棍子把蛇挑起。克洛蒂尔德
感谢他,恳求他保守她的秘密,
  尽管他很想
  在厨房里谈论它。

园丁答应了,并不是很愿意,
而克洛蒂尔德,缓解了冒险的紧张,
快步走回住处,半空中的月亮
让她美丽的蛇皮发出火花,不久
  她就躺在了床上
  等待天亮。

当黎明第一道橘黄色的警示出现

克洛蒂尔德便从床上起身。整个上午，
除了去礼拜堂祷告，
她都在画，当四月的白昼
  被阳光晒热，
   她完成了工作。

完成了！她弯着身，尽管她的心
为她面前的美而狂跳，她的灵魂
向她精心描绘的圣母前俯首致敬。
一个装扮优雅的女士，
  一个灵魂的奇迹。
   基督赐福的形象！

长时间的禁食让克洛蒂尔德感到疲倦和虚弱，
但是她的眼睛熠熠闪烁
像那些被天堂至福笼罩的圣徒。
突然间，一阵喧闹以粗暴的力量
  试图打破她的幻觉
   让她苏醒。

门几乎飞离了门轴，被一群修女

猛地推开。她们蜂拥而入
看到克洛蒂尔德,正在安静地
微笑着,对这场骚动感到有些困惑。
　　整个修道院都蜂巢一样嗡嗡作响
　　"她还活着!"

老弗朗索瓦泄露了秘密。他发现
沉默的压力太大了,他宁可承受
违背良心的痛苦。消息传播开来,
所有人都确信克洛蒂尔德必死无疑。
　　弗朗索瓦出于刁难
　　没有纠正她们的猜测。

院长,异乎寻常地颤抖着,温柔地
把克洛蒂尔德拥入怀中,哭着说:"孩子,
是圣母赐给你这份恩典,
让你在想象她的面容时幸免于难?
　　我们怎么能料想到
　　我们的修道院竟如此蒙福!

一个奇迹!可是啊!我的羔羊!
若你去死!而我却活着

一个空壳,坟墓正为我而空着。
圣母马利亚,我恳求您把我带走,
  亲爱的圣母,
  让我代替这孩子。"

她双膝跪下,无言地祈祷,
用扭曲的双手和眼泪推迟
那缓慢降临的痛苦。时间裂成了
碎片。这时,西风吹来了
  一阵钟声,
  越来越响亮。

钟声越过石板的屋顶而来,
嘹亮的声音似乎在责备
如此美丽的一天不应如此哀伤。
院长感到安慰,停止了祈祷。
  阳光照亮了克洛蒂尔德
  祈祷书上的花朵。

它在圣母绿色的裙装上闪耀
使得红色斑点,在满溢的光辉中,
开始脉动;天使的紫色翅膀

在闪亮和歌唱。这祈祷书
　　似乎成了一个
　　彩虹火焰的唱诗班。

院长画了十字,每个修女
都做了同样的动作,然后一个接一个,
列队走向礼拜堂,用熏香的祈祷
为她们这位姊妹的生命祈求庇护。
　　克洛蒂尔德,这圣灵感应者
　　只是感到疲倦。

　　* 　* 　* 　* 　*

古老的编年史记载,她并没有死
直到寿高年迈。那就是为什么
修道院的教堂里悬挂着一个
银色的柳条篮子,一个圣物,
　　里面珍藏着
　　一张干燥的蛇皮。

影　子

保罗·詹恩斯工作到很晚，
这块表必须在明天八点前
做完，否则红衣主教
一定会非常恼火。
在他所有顾客中，这位老僧
最为重要，因为他的身份
体现在他的手表和戒指上面，
他送给他的情妇们许多物件
让她们忘记他的年龄，微笑着
接受他的造访，她们可以消磨时间，
一条钻石吊坠就能让她们
格外开心。于是她们搜他的口袋，
让他用珠宝支付自己口水邻里的吻。
这块表就是为了给他买来艳福
从一个奥地利女伯爵那里，
她打算明天启程回家。

保罗在一支牛油烛下工作
傍着郁金香形尖尖的烛火,
他全神贯注,以致他报时的老钟
每一次敲响都让他不由得抽搐。
它的回声,在房间中缭绕
他只听见了一半。他最后
拧上小小的红宝石,
让齿轮互相咬住,旋转,
卷紧极其微小的发条,
固定金银细工的表针。
珍贵的宝石碎片散落四处。
他面前的桌子乱糟糟一团
五颜六色的光芒飞溅,闪烁。
有黄澄澄的金片,
一大堆祖母绿和钢料。
这里一粒宝石,那里一个齿轮。
玻璃像清澈的湖泊
闪耀而宁静,有银片
和刨下的珍珠薄片,
纤细的金属丝在烛光下
旋转。他把表拿起来

转动指针,校准时间,
然后抬头瞥了一眼墙上的挂钟
　　　　啊,仁慈的大能!
墙上的影子是怎么来的,
屋子里没有女人!他高高的衣柜
憔悴地立在他的椅子后面。
他的旧斗篷,内衬兔皮,
挂在挂钩上。门是关着的。
刚才他一定是打了瞌睡。
他再次看去,影子清晰可见。
那剪影在对面的墙上
留下蓝黑色的污迹,它一动不动
即使蜡烛在他的喘息下
微微颤抖。是什么造出了
那美丽而可怕的事物,
是什么实体投下了
如此可爱精致的影子,
眼睛还没有学会感知?
保罗用袖子擦了擦眼睛。

清清楚楚,墙上的阴影
隐约闪耀着黑色,始终一动不动。

保罗的手表如同护身符,
雕刻着精美的图案和花饰;
表壳内镶满宝石,
螺旋状的线,闪光的环带。
他深谙曲线中蕴含的美,
而那影子完美的轮廓
刻在粉刷过的白墙上
折磨着他的每一根神经。
那脖颈如此纤细,他知道
用一只手的手指就可以环绕。
下巴向他猜想的嘴巴扬起,
可是看不见,松弛的双唇
贴合在一起,边缘合拢,
鼻子的线条骄傲而精巧
融入了额头,在那里
化作波浪般起伏的发丝。
这女士处处透着种族的印记,
在这个地方真是个非凡的幻象。

他把蜡烛移到高大的衣柜旁;
影子依然留在墙上。

他把斗篷丢在椅子上,
那女士的脸依然在那里。
从房间的各个角落
他都能看见那片光中的暗影
那位女士。她怒放的紫罗兰
几乎比他蜡烛发出的
郁金香的火焰还要明亮。
他调好精细的表针;
把表放在他制作的表盒里;
披上兔毛斗篷,吹灭了蜡烛。
房间里似乎充满了黑暗。
他轻轻地穿过地板,
走出门去,来到户外。

当保罗重新回到屋中,太阳
在每一个针尖和齿轮上闪烁。
刷白的墙壁被阳光晒热。
房间像是贵橄榄石的核心,
炽热的威力燃烧,闪耀。
阳光如此明亮,任何家具
都无法把影子投射在墙上。
保罗望着空洞的房间叹息

炫目的光辉取代了女士的位置。

他继续工作,可是他的心思

飘忽不定,他醒来时发现

他的手悬着,眼神模糊,

没有任何进展,只停留在

他的梦想边缘。红衣主教派人

送来了报酬,买下了如此美好的日子。

可是保罗几乎无法触碰那些金币,

仿佛那是出卖他的影子的代价。

随着第一缕夕光,他擦着火柴

看着蓝色的小星星

孵化成一个完美的火焰的卵。

他点燃了蜡烛,几乎带着羞愧

急切地抬起双眼望去。

影子又在那里,精确的轮廓

刻在冰冷的白墙上。

这年轻人咒骂道:"上帝啊,

你,保罗,你的脑子有些不对劲。

现在回家去,睡一觉,解除疲劳。"

第二天,一场暴风雨袭来,

低语着的雨水,刮擦着窗玻璃。

灰蒙蒙、没有影子的早晨
充满了小店。那些手表冰冷，
像燃尽的煤块，死气沉沉，没有火花。
宝石散落在桌上，像搁浅的贝壳，
颜色消褪，只是一堆石头，
暗淡无光，失去了往日风采。
保罗头颅沉重，手不听使唤，
因为他的幻想在迷途徘徊。
他的工作变成了简单的循环
修理手表，给手表上弦。
倾斜的雨的缎带
撞碎在窗玻璃上，
可保罗只徒劳地看见银丝。
只有当点燃蜡烛
在对面的墙上
才再次看到"它"的出现，
他能描绘出灵魂的欢愉
并重新控制住自己的双手。

那晚，保罗在店里逗留到很晚
他把自己设计的图案
快乐地勾画在纸上

似乎那是一份眷恋的礼物

献给那个美丽的影子

她在烛光上方出现,盘旋。

早晨,他挑选出所有

最完美的红宝石。一块大蛋白石

宛如一轮乳白色的彩虹之月

悬挂在中心,飘拂在松弛的花彩中

红宝石在银线上颤抖

直至外缘,那表盘的圆周

是一条完美的珠母的细线。

另一面,奶油色的瓷面表盘

刻着有钻石的时刻,没有任何

棉花或丝绸的花边

能比薄如细纱的金表针

更轻盈地把表发动;

时间的嘀嗒仿佛合乎韵律。

黄昏时分,当影子在墙上生长,

保罗的工作已经完成。

他拿着手表,对她说:

"女士,美丽的影子,

请微微动一下,以显明你的存在。

把你的目光转过来,看一看

这块表的灵感,来自你的前额
飘逸发丝那甜美的曲线,
请接受这个礼物,它是我心中
怀着你的美丽而制成。
若能满足我这个愿望
我将感到无上荣光。"

影子一动不动,依然漆黑,
叹息的风儿越过窗台。

保罗收起遭到轻视的表
在面前铺展开一排排
宝石和金属,当黎明破晓
把石头敲打成最好的装饰物,
他选出最亮的,这块新表
如此轻盈、纤薄,似乎可以
捕捉住阳光的虚无和明耀。
黄玉在表盖上奔流
泛起泡沫,表针镶嵌着
石榴石,红得像玫瑰初绽。
表盘是水晶,数字闪烁波动
由锆石、绿玉和紫水晶雕成。

整整一周才做完,夜晚

他总是和影子单独幽会。

保罗发誓不说话,直到完工。

那晚,终于可以把这珍宝奉献。

保罗守着漫长的白昼

变成昏冥的薄暮;然后点上灯,

鲜明地反衬着墙壁的纯白色

影子的轮廓开始显现。

在他燃烧的心中

压抑了如此之久的话语

终于倾泻而出。像遭到强迫一般,

他向那女士诉说他全部的爱,

把那块表高高举在头顶,

跪在地上,乞求着,哪怕

最微小的回应。

    可影子默然无声。

数周过去了,保罗在狂热的急切中工作,

把他所做的一切都放在

他的女士面前。影子保持着

完全的被动。保罗哭了。

他用双手的劳动向她求爱,

他等待她从未发出的那些
珍贵的指令。没有语言,没有动作,
来缓解他奉献的痛苦。
他的白天在紧张的劳碌中过去,
他的夜晚在沸腾的骚动中燃烧。
季节不知不觉地飞逝,
他仍在工作。影子甚至在白天
也开始困扰着他。有时
他非常清晰地看见墙上的女士
那黑莓色的轮廓。没有任何太阳
亮得足以将其从视野中抹去。

有些时候,当他呻吟着看见
他的生命就这样无益地流逝,
乞求着影子拒绝给予的恩惠,
他最精湛的手艺白白浪费,
他吹出的闪耀虹彩的
可爱的泡沫,在影子眼中
可怜而稀少。那时他会
诅咒自己和她!诅咒宇宙!
以及,为了获得她的安慰,
他无法创造和给予的美!

他会在桌子上敲打他疲惫的
空空的双手,抓起成绺的
银丝和金线,问她为什么
嘲笑他所能付出的最好的东西。
他会向高高在上的圣母祈祷
祈祷她能治愈他失败的痛苦。
他会用流血的手
抓住墙壁,如果她坠落
他能抓住她,抱住她,让她活着!
他会呜咽着请求她宽恕
他的所作所为。筋疲力尽,
他会责备自己的鲁莽和专横;
他只是一个商人;什么都不是;
天堂的景象把他逼得发疯。
其他时候,他会拿起
他做好的东西,把它们穿起来,
在她面前挂上花坏,焚香,
奇怪地吟唱,当烟雾缭绕
弄脏影子的面孔,
像一条模糊的珍珠项链。
有些日子他像恋人一样求爱,
温柔地叹息,对着他的新娘倾诉,

劝她有点耐心,说他的技巧
能打破魔咒。他甚至知道
一个男人的誓言能够引导一生。
凭基督的宝血!他会证明这是真的!

影子的边缘始终没有模糊。
影子的嘴唇始终没有移动。

他会爬上椅子去够她的嘴唇,
用指尖轻轻拍拂她的头发。
可回报他的不是年轻温暖的
肉体,而是冰冷灼人的墙壁
像刺人的冰,冻僵了他的热情,
躺在他心里,像在出生时
就被杀死的胎儿。那时,极度厌倦,
他会昏沉地躺上几个小时,
脑袋里挤满了无常的幻觉,
他的身体被痛苦攫住,尖叫。
危机过去,他会醒过来,微笑
带着茫然的欢乐,半是痴呆
十分困惑不解,无法确定
为什么他在受苦;一幅窗帘

垂落在他饱受折磨的心灵上
蒙住他的悲哀。他像一个小孩子
会摆弄他的手表和宝石，
兴高采烈地叫影子来看
斑点怎样在天花板上悦人地舞蹈
当他晃动他的宝石。"母亲，
绿色如此巧妙地滑入
蓝色和黄色之间。啊，请俯视！"
然后，可怜而迷惑地皱着眉头，
他会缓慢地起身，离开游戏
在屋子里走来走去，摸索着
从桌子到椅子，从椅子到门，
踩着地板上的裂缝，
直到再次回到桌边，她的脸
会唤起回忆，没有安慰
能平息他的伤痛，直到失去知觉
将他和他巨大的悲戚窒息。

一天早晨，他猛地把临街的门推开
走进屋来，他有力的步伐
让桌子上的工具跳起，叮当作响。
他手中握着一束新开的

月桂花,光滑的枝条饱含汁液
柔韧而易弯。像一个丈夫
和他一小时前离开的妻子说话,
保罗对影子说:"亲爱的,你知道
日历上把今天叫作春天,
我今天早上醒来,在梦中
专门为你采来了日光兰。
所以我冲出去看看,有哪些花
把它们粉紫色芳香的灵魂
吹过尘土飞扬的城市风,
将通往市场的路变成一座花园
充满明媚的阳光和芳香的空气。
今天我感觉良好,如此幸福,
我想我要给自己放个假。
今晚我们会有一个小小的筵席。
我要给你带点食物来享用!"
他焦急地注视着影子。
影子一脸严肃,沉默不语。
他关上外门,走过来
倚着窗框。"最亲爱的,"
他说,"我们是分开生活的,
尽管我把你怀在心中。

我们从不同的世界彼此眺望。
我们随时都有可能被撕碎。
它们遵循自己的轨道,
我们完全服从它们的法则。
现在你必须来,或者我去你那里,
除非我们愿意活在一个
耀眼的瞬间,并任其消失。"

一只蜜蜂在月桂花中开始嗡鸣。
一片松弛的花瓣开始轻轻扑闪。

"人靠进食来生长,如果你要吃
你将被我们的生命所充满,甜蜜
将在你口中成为我们的行星。
否则,我定会在死亡的久旱中枯焦
直到我抵达你所在的地方,
把自己献给你,无论是在
哪个星球。啊,我的挚爱!
这难道不是巧妙的安排?"

影子,像李子一般绽放,清晰地,
悬挂在阳光中。它未曾听见。

当黄昏开始让小店变得阴暗
保罗悄然离开。他奔向
最近的酒馆,细心选择
他干瘪的钱袋所能承受的东西。
像欣喜若狂的修士守望着
烘烤的圣饼,通过圣酒的酿制
轻声说出秘密的祈祷
愿上帝祝福他们的劳作;
保罗也是如此,在清醒的狂喜中,
买下了他所能支付的最好的东西。
回来后,他把工具拨到一边,
把宽宽的餐巾铺在桌子上。
两端各放了一套杯盘,
一模一样。在女士那边,
可爱的月桂花弯垂下枝条。
桌子中央摆着白面糕饼,
旁边是酒瓶。酒红得像血
将会把充沛的人类生命
注入他的女士的血管。
当一切都已准备停当,
简单晚餐的所需俱已齐备,

他的眼睛因为这个壮举而燃亮,
他虔诚地邀请她的降临,
为了他,抛下她遥远的家乡。
他把肉放在她的盘子上
把她的杯子倒满,
然后等待最终的事情发生。

影子静静地躺在墙上。
外面传来巡夜人的呼声,
"夜晚多云。开始下雨了。"

他仍在等待。时钟缓慢的嘀嗒
敲打着寂静。保罗变得厌倦了。

他把自己的杯子倒满酒;
从口袋里取出一张纸。
细绳打了结,他从杂乱的工具中
搜出一把刀。生命之绳
"啪"地断裂了,当他剪断那根细绳。
他知道他必须做他所害怕的事情。
他把药粉抖到酒里,
举起杯子,让蜡烛的光芒

透过酒浆闪出红宝石的光彩,
他喝了下去。"亲爱的,永远不会
再分开了!你曾说这是我该做的。
我已经做到了,我来找你了!"

保罗·詹恩斯让空酒杯坠落,
然后伸出双臂。没有知觉的墙
用它那冰冷的白色目光俯视着他,
一尘不染!影子不在那里!
保罗抓住他绷紧的喉咙,撕扯着。
他感觉身体里的血管在膨胀,
炽热的血像火和宝石一样流淌
沿着他裂开的骨头的各个侧面。
但他笑了起来,踉跄地走向门口,
瘫倒在地板上,仍在大声地笑着。

验尸官带走了尸体,
手表在那个星期六全部卖掉。
拍卖师说,人们很少能买到
这样的手表,而且价格很高。

九月的尾声

空气中弥漫着果实的香气；
到处都是爆裂的红色树枝；
结籽的杂草微光闪闪；
带兜帽的龙胆花成群结队。

大地的温暖，无云的风
撕掉果实的外壳，
把带羽毛的种子吹落
在太阳烤热、遮护的墙边。

山毛榉笼罩着金色的雾障；
坚硬的漆树全都火光熊熊，
透过银色的白桦林熠熠闪光。
那棵松树在怎样叫喊和摇晃！

阳光照亮的门柱高处，

摇摆着一只蝴蝶的空壳。
昆虫小提琴的刮擦声
刺耳地穿过庄稼的残株。

每个叶片都是一座尖塔
一位小小的宣礼官就位,
大声呼唤我们祈祷
迎接白昼的奇迹。

随后,紫色眼睑的夜
从西而来,镰刀形的新月
以灿烂的恩惠
引导她轻盈的脚步。

狗　鱼

褐色的水,
黏稠,在阳光中泛着银辉,
舒展在芦苇的凉荫下,
一条狗鱼正在打盹。
藏在茎秆的阴影中
没人注意。
忽然,它甩甩尾巴,
一片明亮的铜绿色
掠过水底。

从芦苇下面
透出橄榄绿的光,
橘黄色闪烁着升起
穿过被阳光变得浓稠的水。
狗鱼就这样穿过,
铜绿色的池塘,

黑暗,一道微光,
对岸柳树模糊的倒影
接纳了它。

蓝围巾

淡淡的,带着天顶的蓝色,闪耀着银色光泽,

流畅的图案,柔软的质地,打结的深色流苏,它躺在那里,

还带着一个女子柔肩的余温,我的手指接近,抚摸。

她在哪儿,那戴过它的女子?她的体香缭绕,让我沉迷!

一阵火热的倦怠流过我的身体,我把围巾紧压在脸上,

贪婪地吸入那温暖与蓝色,我的眼睛游动在凉爽的天际。

周围是大理石的圆柱,菱形花纹阳光闪耀的甬道。

玫瑰花瓣飘落,拍打着它。石阶下,一把竖琴叮咚。

一只绿玉瓶的影子半遮在地上。一只大肚子青蛙

在阳光中蹦跳，扑通跃入黑白大理石的水盆

金色的泡沫随之翻滚。西风撩起我旁边座位上的一条围巾，

它的蓝色是一种色彩的暴怒。

她围紧了围巾，围巾随着她轻微的动作而起伏。

她的吻是尖锐的火焰蓓蕾；我向她烧回去，一块宝石

坚硬而洁白；一朵带茎的燃烧的花；直到我碎成一把灰烬，

睁开眼睛，我看见那条围巾，在午后的阳光中闪耀着蓝色。

钟表的嘀嗒声何其响亮，当房间空着，一个人独处！

白和绿

嗨！我那戴着水仙花冠，
苗条的，不穿凉鞋的你！
如同黑暗中突然迸发的火光
我的眼球为你而吃惊地颤抖，
果树间身姿灵活的年轻人，
轻盈地跑过缀满穗子的果园。
你是一朵未出鞘的杏花
在萌芽的枝丫间跳跃闪动。

晨　歌

如同我会将白杏仁从绿壳里解放出来
我会把你的伪装剥光,
亲爱的。
然后抚摸光滑锃亮的果仁
我将看见我手中闪耀着一块无价的珍宝。

音　乐

邻居坐在他的窗前吹长笛。
从我的床上我可以听见他
圆圆的音符在房间里飞舞、拍打,
彼此碰撞,
混合成意想不到的和音。
这格外美妙,
有轻柔的笛音环绕着我,
在黑暗中。

白天,
邻居用一只手吃面包和洋葱
用另一只手抄录乐曲。
他肥胖,光头,
于是我不看他,
而是从他的窗前飞奔而过。
总有天空或者井水

可以看看!

但当夜幕降临,他吹起长笛,
我把他想成一个年轻男子,
手表上垂着金色的标签,
蓝上衣带着银纽扣。
当我躺在床上
笛声推撞着我的耳朵和嘴唇,
于是我睡去,进入梦乡。

一位女士

你很美,但美色已消褪
如同往昔歌剧中的曲调
在大键琴上演奏;
又像十八世纪的闺房中
阳光泛滥的丝绸。
在你的眼中
郁积着瞬息凋落的玫瑰,
和你灵魂的芳香
依稀模糊,充满
密封调料罐的辛辣气息。
你那种中间色调让我高兴,
凝视着你身上交融的色彩
我渐渐变得狂乱。

我的活力是一枚新铸的分币,
投掷在你脚边。

从尘土中拾起吧,
它的火花会供你消遣。

在花园里

水从石人们的嘴中涌出
在天空下随意蔓延
在花岗岩嘴唇的水盆中,
那里,鸢尾花的纤足在戏水
在吹过的风中瑟瑟作声,
迅疾的水流溢满了花园,
在剪得很短的宁静的草坪。

石头隧道中蕨类潮湿的气味,
喷泉在那里滴流和喷溅,
大理石的喷泉,因太多的水而发黄。

从因苔藓而暗淡的台阶上
泉水泼溅而下;
空气随之而颤抖。
汩汩的水流,

跳跃着,发出深沉的、冷冷的低语。

我渴望着夜晚和你。
我想在游泳池里看到你,
在银斑点点的水中,白皙闪亮。
当月亮凌驾于花园之上,
高踞于夜的拱门,
紫丁香的气息因静止而浓烈。

夜晚和水,还有白皙的你,正在沐浴!

郁金香花园

在古老红墙的围护之下,
如欢快的士兵一样列阵,
郁金香排列整齐。这边是步兵,
向阳光挺进。多么勇敢优雅!
白色束腰外衣,佩着深红的缎带。
那边是一列金色披风的骑兵,
紫色炮阵前,马刀猩红,
每一门大炮都已各就各位。
向前迸发,四处蔓延张扬的颜色,
火炬熊熊燃烧,步伐轻快无声
踏着进行曲的节奏。我们麻木的耳朵
捉不住那旋律。军队在哑剧中
检阅游行。我们竭尽全力
只听见清风从花坛间吹去。

第二辑
男人、女人和幽灵
(1916)

图　案

我沿着花园小径漫步，
所有的水仙花都在随风摇曳，
还有明亮的蓝色绵枣儿。
我沿着这条有图案的花园小径走着
穿着我那僵硬的锦缎长袍。
头发扑了粉，扇子镶了宝石，
我也是一种罕见的
图案。当我在花园小径上
徘徊。

我的裙子绣满了花样，
拖曳的裙摆
在砾石路和海石竹的边缘，
留下粉色和银色的痕迹。
恰恰是目前流行的式样，
穿着有缎带的高跟鞋脚步轻快。

周身没有一丝柔和的气息,
只有鲸须撑条和织锦束身。
我在椴树的阴影中
坐下。因为我的激情
在与僵硬的织锦抗争。
水仙花和绵枣儿
随心所欲
在微风中飘舞。
我哭了;
因为椴树在开花
一朵小花落在我的胸前。

大理石喷泉
把水珠泼溅的声响
传到花园小径上,
淅淅沥沥个不停。
在我僵硬的长袍下
是一个女人的柔软,在大理石水池中沐浴,
水池周围是浓密的树篱,
她看不见她躲藏的恋人,
但是她猜测他就在附近,
滑动的水

似乎是一只温柔的手
把她抚摸。
这漂亮织锦裹着的是怎样的夏天!
我真想看见它随意堆在地上。
所有的粉色和银色皱巴巴地堆在地上。

我要变成粉色和银色,沿着小径奔跑,
而他会跟跟跄跄跟在后面,
被我的笑声弄得困惑不已。
我会看见阳光在他的剑柄和鞋扣上闪烁。
我会选择
把他领入迷宫,沿着带图案的小径,
为我那靴子沉重的恋人准备的明亮欢笑的迷宫,
直到他在阴影中抓住我,把我紧紧抱住,
马甲上的扣子擦伤我的身体,
让我疼痛,融化,没有恐惧。
树叶和月见草的阴影,
水珠的滴答声,
在这开放的午后把我们围绕——
我几乎要昏厥
因为这织锦的沉重,
因为阳光从阴影中筛下。

坠落在我胸前的

花瓣下面

是我藏起的一封信。

是今天早晨公爵的一个骑士送来的。

"夫人,我们遗憾地通知您,哈特维尔勋爵

在上星期四的战役中阵亡。"

当我在白色的晨光中读到它,

字迹像毒蛇一样扭动。

"夫人,您有回话吗?"我的仆人问。

"没有。"我告诉他。

"让信使用点茶点。

没有,没有回话。"

然后我走进花园,

在有图案的小径来回徘徊,

穿着我僵硬、端庄的织锦。

蓝色和黄色的花朵骄傲地挺立在阳光中,

每一朵。

我也挺直了身躯,

被我裙服的僵硬

禁锢在图案里。

我来回走动,

上下徘徊。

再过一个月,他就会成为我的丈夫。
再过一个月,在这棵椴树下,
我们就会打破这图案;
他为我,我为他,
他是上校,我是夫人,
在这阴凉的座位上。
他突发奇想
认为阳光带来祝福。
而我回答:"它将如你所愿。"
现在他死了。

无论是夏天还是冬天,我都将
来回地徘徊
在有图案的花园小径
穿着我僵硬的锦缎长袍。
绵枣儿和水仙花
将让位给玫瑰、紫苑,然后是雪。
我将
来回地徘徊,
穿着我的长袍。

盛装华丽,
被裹在胸衣和撑条里。
我身体的柔软
将被每一个纽扣、钩子和系带
拥抱,守护。
因为那个应该为我解开束缚的男人死了,
随着公爵在佛兰德斯作战
在一个叫作战争的图案里。
天啊!那些图案究竟是为了什么?

纸风车

小男孩把脸贴在窗玻璃上，望着外面
阳光明亮的早晨。广场上的鹅卵石
像云母一般闪耀。微风在树上跳跃舞动，
摇落点点阳光，像金币落入棕色的运河。
一长串载满深红色奶酪的平底船缓慢地
顺流而下。小男孩觉得它们像是大鹏的蛋，
一块块红宝石般的巨蛋。他高兴地说："哦！"
并用尽全力贴着窗玻璃。

金鸡在市政厅楼顶上闪闪发光。张开的嘴
像一把剪刀，里面卡着一片狭窄的蓝天。
"喔喔喔，"小男孩叫道，"你听不见
我在透过窗户叫你吗，小金鸡？喔喔喔！
看到你表亲大鹏鸟的蛋，你应该打鸣。"
可是金鸡一动不动，美丽的尾巴在风中飘拂。

它听不懂小男孩的话,因为无论他说什么
他都说成是"喔喔喔"。它悬在空中是为了摆动,
不是为了说话。它的眼睛在明亮的西风中闪耀,
而深红色的奶酪沿着运河渐渐漂远了。

大房间里非常沉闷。外面的广场上,风
在和落叶玩捉迷藏。一个男人经过,推着一辆
装满崭新奶罐的小车。奶罐发出快乐的咔嗒声:
"嘀嘀嗒嗒。来点奶茶吧。今晚喝点
奶油咖啡吧,浓郁,顺滑,香甜,洁白,"
男人的木鞋打着拍子:"啪嗒!啪嗒!来点奶
茶吧。

啪嗒!啪嗒!今晚喝点奶吧。"外面真好玩,
可这大房间非常孤独。小男孩咽下一滴眼泪。

真奇怪,他的玩偶变得多么沉闷。它们如此安静。
而广场上到处都在动。如果他把目光移开片刻
外面就会变了样。送奶工已经消失在街角,
只有一个老妇人头上顶着一篮子绿色蔬菜,
慢慢走过发亮的石板路。可是风把篮子里的叶子
吹得东倒西歪,展示出它们美丽的优势。
太阳恩赐地拍打它们平坦的表面,叶子仿佛

被撒上了银粉。小男孩叹了口气,望着地上
凌乱的玩具。它们一动不动,色彩暗淡。
深色护墙板吸收了阳光,一点都没给玩具留下。

此刻的广场空空荡荡。只有风绕着它不停地
旋转。
远处的角落,一条街道与广场相连的地方,
风停了下来。停止奔跑,却从未停止旋转。
它呼呼作响,不停地旋转,回旋,改变着方向。
像巨大的彩色太阳在燃烧。它嗡鸣着,发出火花,
飞奔。蓝色的闪光,涂抹着的长长的橙黄色线条,
迅速刺过的绿色。这一切都笼罩在光辉之中
如无数切开的宝石。巨大的风车,一圈圈旋转
把小男孩看得眼花缭乱。整个广场充满了光,
炽热的光轮跳跃着你追我赶,越来越快。
小男孩说不出话来,只能吃惊地凝视着。

风车沿着广场向前移动。它越来越近,
一个旋转的巨大火轮。它现在正对着窗户,
小男孩看得清清楚楚,但他看见的不仅仅是风。
一个男人扛着一个巨大的扇形架子,
架子上插着许多彩绘的小纸风车,

每一个都在微风中飞旋,明亮而美丽,
这景象可以愉悦任何人,何况一个
只能享受愚蠢、静止的玩具的小男孩。

小男孩拍着手,他的眼睛滴溜乱转,
风车转得他头晕目眩。卖风车的人越来越近,
把他的大扇子举向大使馆窗前的小男孩。
只隔着一块玻璃,风车在他眼前飞旋,
绚丽夺目。各种大小粗细的轮子,五颜六色——
清清楚楚,全都在完美地旋转。卖风车的人
把它们放低又举起,小男孩的脸紧贴在
窗玻璃上。哦!多么神奇美妙的玩具!
彩色的轮子在风中转个不停!怎么会有人
喜欢那些从来不动的玩具。"保姆,快来。
看啊!我想要一个风车。看!它总是在动。
你会给我买一个,对吗?
我要那个银色的,有一圈蓝色的大风车。"

于是一个仆人被派去买那个银色带蓝圈的风车,
仆人站在那里付钱时,风车在他手中迅速转了
一下。

然后他进到房中,不消片刻就来到了儿童房的

门前,
  把一根棍子递给小男孩,末端粘着皱巴巴的纸。
  "可我要的是会转的风车,"小男孩喊道。
  "这个就是你要的,查尔斯少爷,"
  保姆有点不耐烦了,她还有缝补的活儿要做。
  "看,它是银色的,这里是蓝色的。"
  "可这只是个蓝色的条纹,"小男孩抽泣着说,
  "我想要一个带蓝圈的,这个的银色也不发光。"
  "好了,查尔斯少爷,这就是你想要的,
  现在,跑去玩吧,我很忙呢。"

  小男孩把泪水藏在友善的窗玻璃上。地板上
  棍子静静地躺着,末端是皱巴巴的纸片。
  广场的另一端,卖风车的人站在远处,
  他的大风车依然绚丽,像光中旋转的彩虹,
  太阳照耀着它,风拍打着它,直到它仿佛变成了
  一个飞溅的宝石迷宫。"喔喔喔!"市政厅楼顶
  金鸡叫了起来,"那才是值得打鸣的东西。"
  可是小男孩听不见公鸡的话,他正在抽泣
  为地板上那张皱巴巴的纸片。

春 日

I 沐 浴

这美好的日子清新如洗,空气中弥漫着郁金香
和水仙的气息。

阳光从浴室窗户倾泻而入,在浴缸的水中穿行
呈现绿色和白色的条带和光面。它把水劈开
形成宝石般的裂缝,裂成明亮的光线。

小小的光斑漂浮在水面上,舞蹈着,舞蹈着,
它们的倒影在天花板上可爱地摇曳;我的手指一搅
它们就开始旋转,晃动。我动一下脚,水中的光带
就开始震颤。我靠回去,笑了起来,让泛白的绿水,

阳光打碎的绿玉般的水,流过我的全身。日子
几乎明亮得难以忍受,来自白昼的绿水,将我

包裹。

我将在这里躺一会儿,与水和光斑嬉戏。

天空蔚蓝而高远。一只乌鸦从窗前振翅飞过,
空气中弥漫着郁金香和水仙的清香。

II 早餐桌

在清新如洗的阳光中,白色的早餐桌装饰一新。
它贡献出自己的平坦,柔和的味道、气息、
色彩、金属和谷物,宽宽的白色桌布
垂挂在桌边。白色光轮在银色咖啡壶中闪耀,
灼热,旋转,像转轮烟花,它们回旋,转动——
我的眼睛开始刺痛,这些炫目的白色小轮子
像利箭一样刺入我的眼睛。面包卷平静而安详地
摊开,沐浴着阳光。一堆黄油小块,成金字塔形,
橘色穿过白色高喊,尖叫,振动,呼唤:
"黄色!黄色!黄色!"咖啡热气腾腾,
给银色茶具蒙上薄雾,在阳光中缭绕上升,
蜿蜒,纷乱,叹息着越升越高,向湛蓝的高空
吹出一缕纤细的螺旋形笛音。
一只乌鸦飞过,对着咖啡的热气嘎嘎叫。

日子清新而美丽,空气中弥漫着诱人的气息。

III 散　步

白云在街道上方相遇,没有接触就避开。

人行道上,男孩们在玩弹球。玻璃弹珠,
有琥珀色和蓝色的心,滚到一起又分开,发出
悦耳的碰撞声。男孩们用黑红条纹的玛瑙撞击
它们。
玻璃弹珠被打中时迸射出猩红色,滑落到排水沟
湍急的棕色水流中。我闻到空气中有郁金香和水
仙的香味,
但是到处都没有花,只有白色的灰尘在街道上
飞扬,
一个少女戴着艳丽的春帽,裙摆拂动。尘土和风
在她的脚踝和整洁的高跟漆皮鞋上嬉戏。嗒,嗒,
小鞋跟轻拍着人行道,风在她帽子上的花丛中沙
沙作响。

一辆洒水车在路的另一侧缓慢爬行。它是绿色的,
新刷了油漆,满足地发出隆隆声,把清水喷洒在

白色的尘埃上。清澈蜿蜒的水流,发出郁金香和水仙的气息。

渐渐繁茂的枝丫在蓝天上画出一幅粉色的"纯灰色"装饰画。

哟呼!云朵相互冲撞,又在最后一刻急转避开。
哟呼!一个男人的帽子在白色尘土前飞驰而过,
跳进树枝间,又被风吹走,滚滚向前
把阳光震碎成玫瑰色和绿色的辐条。

一辆汽车撕开明亮的空气,锐利的车头,不可阻挡,
呼喊着叫风开路。闪耀的灰尘和阳光
在它后面翻腾,随后落定。天空宁静而高远,
美好的早晨,空气清新如洗。

IV 中午和下午

街道上人流的旋涡。车流的冲击与反弹。
一座老教堂的砖砌立面漠然不动,人潮撞上又退却。

阳光在小巷间闪耀。药房橱窗里一团团光涡,

蓝色、金色、紫色的药瓶,把色彩远远地射入人群。

响亮的砰砰声和震动声,飞出高窗的喃喃低语,

机器皮带的嗡鸣,马蹄声和汽车喇叭声混在一起。

一辆电车急速旋转,刹车抖动,

一口教堂大钟敲响金属般的蓝天。

我是这城市的一部分,一粒飞灰,随着人群推挤前行。

自豪地感受到人行道,随着脚步摇晃。

脚步轻快、跳跃、滞重、拖沓,固执地跋涉,

或是弹性十足地迈进。一个男孩在卖报纸,

我闻到它们纯净的气息,刚从印刷机上取下。

像空气一样清新,像郁金香和水仙一样馥郁。

蓝天褪成柠檬色,巨大的金色光舌让橱窗盲目,

将其中的物品淹没在一股火焰的洪流中。

V 夜与睡眠

白昼怡然自得,穿着她的黄色拖鞋。电光招牌

在商店的门脸上闪耀，一个接一个亮起。

它们逐渐膨胀，绽放出火花的图案，随着天空暗淡。

宁静的夜晚，在光斑中，尖声叫卖的喧嚷响起。

闪烁，刺戳，断裂，意味着一场新剧上演；

道路对面：扑通，坠落，颤抖，是钟表匠的招牌

把银色的斜影，投向另一条街道。

高楼之上，一个巨大的啤酒杯向大气冒着泡沫，

可是高天自有它的星辰，何须在意我们的光辉？

我迅速离开城市。车轮飞转，带我回到

我的树林和宁静。与我同行的微风清新如洗，

刚从高天吹来。花儿还未盛开，

但是我花园的泥土散发出着郁金香和水仙的气息。

我的房间宁静而亲切。透过窗户，能看见

远处的城市，一带荧荧的宝石，没有茎的小花。

我看不到那啤酒杯，也看不到我经过的餐馆

和商店的招牌，如今已经字迹模糊，混在一起

使这座城市，在晴朗的夜晚闪耀，

如同一座花园。为春天而忙碌，轻轻摇曳。

美好的夜晚清新如洗,空气中有一阵花的气息。

将我紧紧裹住,薰衣草的床单。把你蓝紫色的梦
倾注进我的耳朵。微风在百叶窗上低语,讲述着
过去的奇异故事,鹅卵石的街道,年轻人纵马跃下
大理石的阶梯。灰蓝色的薰衣草,你是天空的颜色
当它清新如洗,美丽……我闻到了星星的气息……
它们像郁金香和水仙一样……我在空气中闻到了
它们。

晚餐会

I 鱼

"确实如此……"他们说,
优美地端着他们的酒杯,
嘲笑着他们所不理解的事物。
"确实如此……"他们又说,
开心而傲慢。
桌子上的银器在闪光,
杯子里的红酒
仿佛我为愚蠢的事业
浪费的血液。

II 游 戏

那位留着黑灰色胡须的绅士
懒洋洋地对着他的鹌鹑冷笑。

于是我的心费力地飞起,
我挣脱了自己的束缚
向前猛冲。
我径直挥拳击打他,
狂暴地,用炽红的愤怒向他。
可是我的武器在他光滑的表面滑过,
我反弹回来,退缩,
喘息。

III 起居室

她穿着一件柔软而淡雅的裙子,
慵懒地半倚在沙发上,
火光映在她的珠宝上。
但是她的眼睛没有反光,
它们飘浮在灰色的烟雾中,
那是闷燃的灰烬发出的烟雾,
那是她烧成灰烬的心发出的烟雾。

IV 咖 啡

他们端着咖啡杯围坐成一圈。

一人丢进一块方糖，

一人用匙子轻轻搅拌。

我看到他们像是一圈幽灵

从精美的瓷器中啜饮黑暗，

并温和地抗议着

我生活的粗糙。

V 谈 话

他们将死者的灵魂

别在胸前当作装饰；

他们的袖扣和头饰

是从坟墓里挖出的宝石；

他们是食尸鬼，以挖来的思想为生；

我从仆人手中接过一杯绿色的利口酒

只为让他靠近我

给我一丝活物的安慰。

VI 十一点

前门坚硬而沉重，

在我身后关闭了那座幽灵的房屋。

我的脚用力踩着人行道
感受它的坚实；
我的手沿着扶手滑动
摇撼它们，
把它们锐利的铁条
压进我的手掌。
疼痛让我安心，
我一遍又一遍地重复
直到手掌青紫。
当我在夜里醒来
发现它们在痛，我笑了起来，
因为只有活着的肉体才能感受到痛苦。

彩色小镇

I 红拖鞋

橱窗里是红色的拖鞋,外面的街道上,
是灰色的风雪,夹着冰霰!

用酒红与橙红的色彩冲击着冰霰的狂风,
将它们圆润的栗色光点洒落在雨伞顶端。

在擦亮的玻璃后,拖鞋悬挂在长长的红线上,
像血色的钟乳石从天花板垂下,用滴落的色彩
淹没路人的眼睛,将深红的倒影挤压在
出租车和电车的车窗上,用酒红与橙红的色彩
在冰霰的牙齿中尖叫,将它们圆形的栗色小光点
扑通扑通洒落在雨伞顶上。

一排白色、闪亮的店面被切开,流着血,

流出的全是红拖鞋。它们在电灯光下喷涌,
流动,摇晃,一阵热雨——然后又冻结成红拖鞋,
在橱窗旁的镜子中无穷地增殖。

它们悬浮在拱形的鞋底上,像跃动的猩红漆桥;
它们在弯曲的鞋跟上面摇晃,像打旋的唐纳雀
被吸进风的口袋;它们平展,无跟,像七月的池塘,
被红色的火箭焰火烤得锃亮耀眼。

啪,啪,它们是爆竹猩红色的火花,
在这片白色、单调的商业街。

它们把亿万个朱红色喇叭的铿锵投入外面的人群,
在人行道上发出淡淡的玫瑰色回声。

人们匆匆而过,因为这些只是鞋子,更远处
一个橱窗里,是一个巨大的纸板莲花花苞,
它的花瓣每隔几分钟就会打开,露出一个蜡制洋娃娃,
有着凝视的珠子眼睛和亚麻色头发,笨拙地靠在花椅上。

鞋子谁没见过?但谁见过纸板做的莲花花苞?

灰色的风雪,夹着冰霰拍打着橱窗,里面只有红色的拖鞋。

II 汤普森的午餐室——中央车站

(对白色的研究)

蜡白色——
地板,天花板,墙壁。
象牙色的阴影
落在人行道上
被不断地清扫
打磨成奶油色的表面。
大房间的颜色
仿佛巨大的木兰花瓣,
带着一层怒放的
花朵的光泽
使它在电灯光下
微微闪耀。

整齐排列的椅子

像棕褐色的种子

等待圆满。

一个厨师帽上的粉笔白斑点

没有光泽地在模糊发亮的墙壁前移动——

沉闷的粉笔白打击着视网膜,像一阵风

吹过摇曳不定的蒸汽。

有绿色反光的杯子的玻璃的白,

冰绿的玻璃瓶——随着水流的晃动

时而更绿,时而更蓝。

有凹口的绿白色压花玻璃碗

堆起了碎糖的雪峰

高高耸立在灰胡椒瓶

和灰白色盐瓶的灯塔旁边。

灰白色的告示牌:

"炖牡蛎,碎切咸牛肉,法兰克福香肠":

大理石板上刻着线条蜿蜒的字句。

落在白色的柜台上,像号角声

穿过小提琴的网,

橘色平淡的黄光,

苹果的红色方块,

高高摆放在镀金的果盘中

电子钟每隔半分钟抽搐一下:
"来了!——过去了!"
"三份牛排和一份鸡肉派,"
时钟沉重地抽搐,喊叫声穿过传菜口。
一个男人端着一杯咖啡走向远处的椅子。
两份大米布丁和一份鲑鱼沙拉
被推过柜台;
未坐人的椅子会敞开,接受它们。
一把汤匙落在地上,金属撞击石头的声响,
穿过房间
尖锐、无形的
银色锯齿。

III 歌剧院

在舞台拱门的金框里边,
一面橘黄色天鹅绒帷幕悬垂,皱褶僵硬,
当有人从它后面穿过舞台,缨穗轻轻颤动。
金色雕刻并勾勒出包厢的边缘,
环绕着观众席,
沿着有凹槽的柱子上下延伸。
每当包厢的门打开

就有小小的金色刀锋闪耀。

簇簇金色

柔和地爆发

在蓝色的幽暗中闪烁,

收缩成一个点,

然后消失。

金色的圈环

围绕着脖颈、手腕、手指,

穿透耳朵,

悬于头顶

在五彩斑斓的光芒中飞舞。

金色!

金色!

歌剧院是一个金色的宝箱。

金色横贯乐池:

号角、喇叭、大号的金色;

金色——纺织的金线,颤抖的金声,

断裂的金色琴弦。

指挥举起他的指挥棒,

铜管乐器轰然鸣响

粗鲁,拙劣,

暴发户一般肥硕、强大

金色的。

像包厢里鼓掌的手一样富丽。

巨大的钹,形如硬币,

碰撞。

橘黄色的帷幕分开

女主角走上前来。

一个音符,

一滴水:透明,闪着虹彩,

一个金色的气泡,

飘浮……飘浮……

然后在贵宾席上

一个银行总裁的嘴唇上爆裂。

IV 州街午后的雨

雨的交叉阴影线衬着灰色的墙,

黑色的雨的斜线

沿着湿漉漉的石墙上下游走。

下方的街道

油亮、闪耀、漆黑、平坦。

街道上面,雨伞,

擦亮的黑点

撞向白色

一瞬间,

流成两条扁平的线

油一般光滑,彼此滑过。

像一个四边的楔形

海关大厦的塔楼

刺向低低的平坦的天空,

把它越推越高,

把它抬离屋顶,

仿佛它是一张锡箔,

被塔顶的杠杆撬起来。

雨的交叉阴影线斜切塔楼,

画出缭乱的黑色线条,

以工具的锋利精密

毁伤它垂直的灰色表面。

城市因直线和直角而僵硬,

一个黑灰相间的棋桌。

扁平的长方体

以低速引擎爬行,

随着距离缩小

逐渐变成短小直立的方块。

内港中一艘汽船鸣笛,

声音射穿雨的阴影线，

一道狭窄的水平钢条。

柠檬色坚硬的立方体

叠置在建筑物的正面

当窗户亮起。

但这些柠檬色立方体棱角分明

无法碰撞到一起。

上下都是垂直的方形。

皱巴巴的灰白纸片

沿着人行道飘动，

扭曲，狰狞，

没有弧线。

一匹马踩进水坑，

溅起刺眼的白色水花

僵硬的、向外展开的线条，

像芦苇颤抖的茎秆。

城市棱角分明，

一个阴沉的银黑色盾形纹章

色彩鲜明的雨的斜纹

悬挂在这四方形的文明上空。

当一盏街灯亮起，

我凝视了它足足有三十秒

用它圆润的辉光休息一下我的大脑。

V 水族馆

绿黄相间的虹彩条纹,

变幻的银色,

环套着环旋转,

银——金——

灰绿色的不透明滑落,

带着尖锐的白色泡沫

闪射,舞蹈,

迅速向外投掷。

鱼,

嗅着泡沫,

吞食泡沫。

蓝色阴影衬着银色和藏红花色的水,

光在它们上面

泛起钢铁一般明亮的涟漪。

透明的鳍伸展

皱缩,折叠,又恢复原状;

光线透过它们印在鹅卵石上

闪烁,保持光泽。

带斑点的鱼脊的弧线，

缓慢地上升，

慵懒地回旋：

然后猛地伸直

迅速窜入水底：

倾斜的灰色阴影

横过一扇暗淡的窗扉

盘绕，卷曲，

绿色的食人鳗

在起伏的节奏中沉睡，

肉冠平放在背上。

斑点鱼，

条纹鱼，

不规则的圆盘状的鱼，

滑行，滑动，旋转，转动，

却从不碰到一起。

金属蓝的鱼，

宽大的黄色鳍摇摆着

有如东方人的扇子，

肚子里装着太阳

散发出光亮：

被黑色条纹分割的灿烂的蓝色。

一片长方形稻草色的微光，

沿一条切线，穿过它，

一抹玫瑰色、黑色、银色。

短促的扭动和跳跃，

被玫瑰，在气泡的簇拥中：

蓝金相间的草坪上

阳光在红黑相间的花朵间嬉戏。

阴影和擦亮的表面，

淡紫和紫红色的切面，

不断变化的明暗关系。

杆状的绿珠眼睛；

淡紫色的粗鼻子；

一闪而过的贵橄榄石和珊瑚斑点，

在绿玉、珍珠和紫水晶的辐射光中。

外面，

一棵柳树在微微颤动

伴着细小的白色痉挛，

长长的蓝色波浪

稳稳升起，越过外岛。

第三辑
浮世绘
(1919)

境 遇

枫叶上
露珠红红地闪烁,
但在荷花上
泪滴般苍白透明。

信 使

一天晚上
月色皎洁,
我坐下来
想写一首关于枫树的诗。
但墨水中
耀眼的月光
让我眼花缭乱。
我只能写下
我记得的东西。
因此,我在诗的封皮上
刻下了你的名字。

角　度

雨在白色的天空下显得发黑，
在桉树叶的映衬下显得发白。
但在蓄水池里，雨是一片淡紫色和琥珀色。
因为菊花
堆在池边。

替 代

当我站在河边的柳树下,
身穿草黄色的丝绸衣袍,
上面绣着紫色的菊花。
我凝视的并不是
那明亮的河水,
而是你的画像,
那是我让人画在
扇子上的。

阳　光

池塘边是剑形的鸢尾叶
如果我把石头扔进平静的水中，
水面便会突然绷紧
变成一圈圈
锋利的金线。

渔人妻

当我独处,
松树上的风
像拖曳的波浪
在木船的两侧。

蜉　蝣

银色的灯笼在风吹的树枝间跳动：
于是一个老人想起了
他年轻时的爱情。

细微差别

甚至一只蝴蝶落在上面
鸢尾花也会弯曲

秋 雾

是一只蜻蜓还是一片枫叶
轻柔地栖息在水面上?

和 平

栖息在一门加农炮的炮口上
一只黄蝴蝶的翅膀在缓慢地开合

均　衡

天空中有月亮和星星，
我的花园里有黄色的蛾子
绕着白色杜鹃花翻飞

门 外

空轿子的地板上
李子花瓣不断增多。

落　雪

雪在我周围低语
我的木屐
在身后的雪中留下小孔。
但是无人经过这条路
寻找我的足迹，
当寺钟再次敲响
它们将被覆盖和消失。

白 霜

在云灰色的早晨
我听见苍鹭飞翔
当我走进花园,
我的丝袍
在枯萎的落叶上拖曳。
干燥的叶子一触即碎,
但我已经见过很多个秋天
有苍鹭飘飘,像烟雾
穿过天空。

春　分

风信子的香味像一层淡淡的薄雾，
弥漫在我的书和我之间；
南风流过房间。
蜡烛颤动。

雨点溅在百叶窗上，刺痛我的神经。
外面的夜里，绿芽的涌动让我感到不安。

你为什么不在这里
用你那紧张而迫切的爱把我征服？

十一月

葡萄藤靠着我房子的砖墙
锈红色,折断了。
死叶聚集在松树下,
丁香脆弱的枝条
掠过群星。
我坐在灯下
试图写下我心灵的空虚。
甚至猫都不和我待在一起,
而是宁愿在雨中
躲在简陋的地窖窗户下。

月下花园

一只黑猫在玫瑰丛中,
上弦月下,夹竹桃、紫丁香蒙上了薄雾,
天芥菜和夜香木的甜美气息。
花园一片静谧,
它被月色迷醉,
被芳香满足,
沉浸在未开罂粟的鸦片梦中。
萤火虫的灯点亮又熄灭
高至金光菊蓓蕾的顶尖
低至我脚边的香雪球花。
月光洒在叶子和花架上,
月光的矛穿透了绣球花丛。
只有三色堇的小脸在警觉地凝视,
只有那只猫,在玫瑰丛中悄悄蹑步。
一根树枝摇动,搅乱了棋盘般的光影
如同一片落叶打破了水面。

然后你来了,
像这花园一样安静,
像香雪球花一般洁白,
美丽得像无声闪烁的萤火。
啊,亲爱的,你看见那些橘黄色的百合了吗?
它们认识我的母亲。
但当我走后
它们会知道谁属于我。

插　曲

当我烤好白色的蛋糕

把绿杏仁磨碎,撒在上面;

当我摘掉草莓上的绿冠

把它们堆成尖尖的锥形,

在蓝黄相间的大浅盘里;

当我抚平我一直在缝制的亚麻布的接缝;

然后呢?

明天还是一样:

蛋糕和草莓,

针在布料里穿进穿出。

如果太阳照在砖瓦和白蜡上是美丽的,

月亮该有多美,

它倾斜在李子树有皱褶的枝条间;

月亮,

在郁金香的花床上摇曳;

月亮,

静静地,
照在你的脸上。
你在闪耀,亲爱的,
你和月亮。
但哪一个是倒影呢?
时钟敲响十一点。
我想,当我们关门上闩之后,
外面的夜色
将会黑下来。

金 块

我的思绪
叮当撞击着我的肋骨,
像银色的冰雹四处滚动。
我想把它们倾倒出来,
让它们闪闪发光,
洒满你的全身。
可我的心将它们牢牢锁住,
不肯放开。

来吧,你!来打开我的心;
让我不再被这些思绪折磨,
而是让它们在你的发间闪耀。

阵 雨

那一阵急雨,拍打着树篱:
使公路发出嘶嘶声。
我多么喜欢它!
还有你触碰我手臂的感觉,
你紧靠着我,好让我的伞
能遮住你。

绷紧的丝绸上雨珠的叮当,
湿润的低语穿过葱绿的树枝。

护身符

我将它们摆在你面前。
一枚、两枚、三枚银币,
还有一枚铜币,
因经手太多已失去了光泽。
第一枚能给你买块蛋糕,
第二枚能买一朵花,
第三枚能买一颗彩色的珠子。
第四枚什么也买不到,
因为它上面有个洞。

因此,我恳求你,
将它穿成串戴在你的脖子上,
至少它会提醒你我的贫穷。

晚花圣母

我整日都在工作,
现在倦意袭来。
我呼唤:"你在哪里?"
可只有橡树在风中沙沙作响。
屋子里非常安静,
阳光照在你的书上,
照你刚刚放下的剪刀和顶针上,
但你不在那里。
突然,我感到孤寂:
你在哪里?
我到处寻找。

然后我看见你,
站在淡蓝色飞燕草的尖塔下,
手臂上挎着一篮玫瑰。
你像银子一样清凉,

你在微笑。
我以为坎特伯雷的钟在演奏小曲。

你告诉我牡丹需要浇水,
耧斗菜已经蔓延无际,
贴梗海棠应该修剪整齐。
你告诉我这些事情。
但我只是望看着你,银色的心,
锃亮银白的心焰,
在飞燕草的蓝色尖塔下燃烧,
我渴望马上跪倒在你脚下,
而我们周围回响着坎特伯雷
洪亮、甜美的《感恩颂》。

蛋白石

你是冰与火,
你的触摸像雪一样灼烧我的手,
你是寒冷与烈焰。
你是孤挺花的绯红,
月光照耀的木兰花的银白。
当我和你在一起时,
我的心是一片冰冻的池塘,
随着摇曳的火把闪烁不定。

秋　分

你为什么不睡觉，亲爱的？

天气如此寒冷，群星从夜空凸出，
像是没有钉进去的金钉。
火焰愉快地噼啪作响，
我坐在这里倾听
你在楼上房间里均匀地呼吸。

是什么让你醒着，亲爱的？
是不是同样的噩梦让我听得心力交瘁
无法阅读？

树

树木的枝丫分层排列
上下前后,重重叠叠。
阳光击打突出的叶子,
把它们转变成白色。
叶子舞蹈,像一把卵石
飞溅在一堵绿色的墙上。

树木在空中铺出一条坚实的小径,
看起来我似乎可以走在上面,
只要我有勇气踏出窗外。

十　年

当你来时，你如红酒与蜂蜜，
你的甜美将我的口唇燃烧。

如今你如晨间的面包，
光滑而怡人。

我几乎尝不出你的味道，
因为我知道你的味道。
可我已经得到了彻底的滋养。

黎明的探险

我站在窗前,
凝望那棵重瓣樱花树:
一座高大的白色寂静。
在一片乳灰色翡翠的天空下。
突然,一只乌鸦从我与树之间飞过——
俯冲,下坠,画出一道黑色弧线——
然后隐没在模糊的枝丫间。

它在那里停留了一段时间,
我只能通过它轻微的动作辨认出来。
随后一阵风吹动樱树上部的枝条。
那些长长的白色花茎上下点头,
漫不经心地,对着窗前的我。
点头——但头顶上,灰翡翠的云朵
慢慢地,无动于衷地,向大海飘去。

三伏天

一架梯子伸向敞开的窗户,
那是一架旧梯子的顶端;
整个夏天都在那儿。

一股股紫藤的巨浪在窗边涌动,
一朵纤细、迟开的花
在阳光中上下颤动;
半透明的紫色映衬着蓝天。
"把这根树枝绑住,"我说,
但我的手被树叶弄得黏糊糊的,
我的鼻孔翕张,闻着压碎的绿色气味。
梯子在敞开的窗户边摇摇晃晃地移动,
我对下面的人喊:
"把那根树枝绑住。"

有一架梯子斜靠在窗台上,
空中隐约传来雷声。

八　月

傍晚，烟色、玫瑰色、藏红花色，
以坚硬的锋刃切割着蓝天，
一大团云朵悬挂在村庄上空，
还有刷成白色的教堂，
带有镀金风向鸡的尖顶
迎风而立，闪闪发光。

丘陵地带

松林间传来牛铃的叮当声。
蚱蜢跳出草丛。
山峦像一棵开花的葡萄树
(朦胧的银色笼罩着紫色),
像一道阴影嵌入天空。
南风断断续续地吹拂,
叮当的牛铃声随风飘上山坡。

中　年

像是黑色的冰
被一个无知的滑冰者
　　　画上了难解的花纹
那是我心灵暗淡的表面。

火焰苹果

小而灼热火焰苹果，
从我心脏燃烧的茎中
迸发而出，
我不明白你们是如何生长壮大的。
我在采集你们的时候，
感到惊讶。

我将你们一个个
摆放在桌上。
现在你们在我眼中既美丽又陌生。
我站在你们面前，
困惑不已。

诗

这不过是一根小枝,
顶端带着一颗绿芽;
但若你种下它,
给它浇水,
将它放在阳光照到的地方,
它会长成一棵高大的灌木,
开出许多花朵,
叶片四处伸展,
熠熠生辉。
从它的根部会出现新奇的东西,
在它下面的草叶
会弯曲又复原,
在吹拂的风中彼此碰撞。

但如果你把我的小枝
扔进一个储藏室

与捕鼠器和钝了的工具在一起，
它就会枯萎和浪费。
而且，有一天，
当你打开门，
你会以为它是一根扭曲的旧钉子，
并把它扫进垃圾堆，
与其他废物一同丢弃。

卖花人

我从乡间而来
带着鲜花、
飞燕草和玫瑰,
还有带叶子的
有纹饰的百合,
以及长长的、清凉的薰衣草。

我带着它们
在炎热的街道上
挨家挨户叫卖。
阳光洒在
我的花上,
街道上的尘土
吹进我的篮子。

那天晚上

我睡在马戏团的

露天座位上。

整个白天

人们在那里观赏

彩妆小丑

滑稽地表演。

球

将蓝色的球抛向树顶上的嫩枝,
将黄色的球直接掷向嗡鸣的群星。

我们的一生不过是将彩色的球
　　抛向无法到达的远方。
到头来我们拥有什么?
　　　一条疲倦的臂膀———一只微翘的鼻子。

啊! 好吧! 把那个紫色的球给我。
如果我能把它粘在卫理公会的塔尖上,
那岂不是一件妙事?!

世　代

你像一棵年轻的
山毛榉的树干，
挺拔而摇曳，
绽放出金色的叶子。
你的步履像一棵山毛榉
在山坡上随风摇摆。
你的声音
像南风轻拂的树叶。
你的影子不是影子，而是散落的阳光；
夜晚，你把天空拉到你身边，
用星星盖住自己。

但我就像一棵大橡树，在多云的天空下，
看着一棵小山毛榉在我脚下成长。①

---

① 山毛榉林非常黑暗，很少有植物能够在那里生存，阳光几乎无法照射到地面。在叶子稀疏的橡树下，它的高度会很快超过橡树，且由于山毛榉的叶子茂密，橡树会因缺乏阳光而死亡。

友好协约

来自异国的年轻绅士
坐在沙发上,面带微笑。
他待了两个小时,我与他交谈。
他的回应令人愉快。
他非常严谨、优雅,充满热情。
我心想:
可能根本就没有国家,只有个体?
很少有人赠予黄金和鲜花,
大多数人拿出的只是铜币,
磨损得连印记都已模糊不清。
我与那位异国的年轻绅士交谈,
而一股淡淡的铜味袭入我的鼻孔;
庄严教堂的施舍箱中
老夫人投入的扭曲的铜币。